ベリーズ文庫

# 冷徹御曹司は想い続けた傷心部下を激愛で囲って離さない

彼方紗夜

JN250215

STARTS
スターツ出版株式会社

# 目次

# 冷徹御曹司は想い続けた傷心部下を激愛で囲って離さない

# プロローグ

繊細な細工物を扱うかのようにベッドに横たえられ、あさひはたまらず熱い吐息をこぼした。

身をよじるまもなく凌士《りょうじ》が覆い被さってくる。ふたり分の重みを受け、ベッドがかすかに軋《きし》んだ。

切れ長の目が、あさひを真上から射貫く。

職場では冷たい印象さえ与える目は、今は焼けつきそうな熱を帯びていた。

（心臓の音がうるさくて……破裂しそう）

逃げ出したくなるほどの羞恥《しゅうち》と、触れられることへの否定しようもない期待がまざり合う。

悲しくもないのに、どうしてか涙が出そうだ。

「もう待てない」

甘く胸を揺らす、低音域に艶《つや》のある声。

無条件に恭順を示してしまいそうな、強い視線。

逃がさないという、たしかな意思が伝わってくる。

社内では、畏《おそ》れとわずかな揶揄《やゆ》をもって〝鋼鉄の男〟と呼ばれる凌士の表情に浮かぶのは、まぎれもない熱情。

シーツに縫い留められ、言葉すら満足に紡《つむ》げずにいると、すかさず耳を甘噛《あまが》みされる。

あさひは色めいた吐息とともに体を跳ねさせた。

「凌士、さん」

かすれた声で呼ぶと、凌士が鋭いまなざしにいっそうの色香を乗せた。耳から首筋へ、唇がさらに下りていく。

鎖骨のまろやかな線をなぞり上げられたら、呼吸が乱れた。

(ぞくぞくする……っ)

たまらずシーツを握りしめれば、乱れた髪を凌士の手が梳《す》いた。

何度も。愛《いと》おしむように。

「俺はあさひを、決して泣かせない。だから安心して俺にぜんぶ預けろ」

顔を寄せた凌士のキスを、あさひはそっと受け止めた。

ひんやりとした手のひらが、あさひの輪郭《りんかく》をたしかめるように撫《な》でる。

「あさひを俺にくれ。誰かに取られるのはごめんだ」

ニットもインナーもすべて脱がされる。電気を消した凌士の部屋に、あさひのほっそりとした白い肢体《したい》が浮かび上がる。

あらわになった素肌が、優しく、けれど容赦《ようしゃ》なくまさぐられる。なめらかな肌がみるみる熱を帯びた。

「あまり、見ないでください……っ」

「その要求は聞けないな」

「恥ずかしいんです……！」

凌士は愉快そうに笑い、すぐにまた急《せ》くような仕草で肌を求めてくる。

あさひは与えられる快楽の深さに身をよじった。

「凌士さん、わたし……っ」

胸がつまり、それ以上の言葉が出てこない。

凌士が肌を暴くのをやめ、髪に手を差し入れた。ぞくりとして、腰が小さく跳ねる。

繰り返し梳くようにして髪を撫でられる。

部屋に満ちた空気が艶を帯び、濃《こま》やかさを増していく。

凌士が服を脱ぎ、引きしまった体が眼前に迫る。

羞恥《しゅうち》が膨れ上がり、あさひはたまらず目を逸《そ》らした。

否応なしに、心拍が駆け上がる。あさひは思わず、凌士の腕に手を伸ばした。

「怖いか？」

「そう……かもしれません。嫌なんかじゃないのは、ほんとうです。……なのに」

「まだ俺にぜんぶ預けられない、か」

あさひはためらいながらもうなずく。

（自分でもまだ……この状況が信じられなくて。飛びこむのが怖い……）

凌士が「それでもいい」と怖いほど真剣な目をした。

「今は俺に流されただけでもいい。いや、むしろ流されればいい。ここから、あさひの心を手に入れるだけだ。そうする自信はある」

「そんなの、わたしに都合がよくないですか……？」

あさひは泣く一歩手前の顔をさらに歪《ゆが》める。

だが、凌士は呆《あき》れるどころか優しく微笑み、あさひの耳元に顔を寄せた。

「あさひに都合がいいなら、俺にとっても正解だ。心配するな。俺のものになれ、あさひ。あさひの傷は俺が治してやる」

「凌士さん……っ」

とうとう深い場所を貫かれ、あさひはシーツの上であられもなく嬌声《きょうせい》を迸《ほとばし》らせながら、やわらかな肢体を跳ねさせた。

悲しいのとは違う、あふれた感情が雫《しずく》となって頬に流れる。凌士の唇に吸いこまれていく。

（こんな、一途に深い想いを伝える抱きかたなんて、知らない）

人生で間違いなく最低だと思った日から、二ヶ月。

根こそぎ持っていかれそうな、あるいは逆にとめどなく注がれそうな……そんな風に抱かれることが自分の人生に起こるなんて。

あのときのあさひは、想像もしなかった。

# 一章　最低の日

きゃあっ、と甘ったるい悲鳴が個室の薄い扉越しに耳をついた。

「その指輪って、あの野々上《ののがみ》課長からもらったの⁉」

あさひはトイレの個室で息をのむ。

後輩たちは、あさひが個室で聞いているとは思いもよらない様子で、声を黄色く弾けさせる。

「えへへ。うん。付き合ってる証《あかし》がほしいって、景《けい》ちゃんにおねだりしたら買ってくれたの」

顔から血の気が引いていく。

比喩《ひゆ》ではなく視界がぐらりと回る。

あさひは個室のドアをにらみ、ニットを着た体を両腕でかき抱いた。そうでもしないと、倒れそうだった。

（景と……付き合ってる……？）

砂糖菓子を思わせる声が、あさひの胸の内を乱暴にかき混ぜる。

声の主は、あさひが二ヶ月前まで所属していた購買部で、直接指導していた結麻《ゆま》だ。たしか二十五歳だったと思う。あさひのふたつ下。

あさひは、見た目の雰囲気からして甘い結麻の顔を思い浮かべる。

いつも髪とメイクに手をかけていて、ふんわりしたスカートや淡い色あいの服が似合う後輩。

「それ、秋冬の新作リングでしょ？　雑誌に載ってた！　可愛《かわい》いー」

もうひとりの女性社員が、某有名ブランド名を挙げてはしゃぐ。

「いいなあー。野々上課長って、三十二歳独身で役職者でしょ、収入も文句なし。しかも恋人の言うことをなんでも聞いてくれるって、最高じゃーん。でも結麻、野々上課長は碓井《うすい》さんと付き合ってるらしいって、言ってなかった？」

あさひはどきりとして、胸下まで伸びた髪を耳にかける。

ゆるくかけたパーマはほとんど取れかけ、カラーリングした色もいつのまにか抜けて黄色っぽい茶色に変わっている。それが惨《みじ》めさに拍車をかけた。

結麻みたいに可愛い見た目じゃない。ふんわりした女子っぽい服も似合わないから、あさひのファッションは、無難なニットと細身のパンツ姿が定番だ。

重ための前髪の下から覗《のぞ》く顔立ちも、これといって特徴はない。

コンプレックスであるぼんやりした目元は、特に気をつけてメイクをしているものの、全体的に地味だという自覚はある。

そんな自分が、前の部署に所属していたときから当時の上司だった野々上景と付き合っているなんて、自分でもふしぎに思うときもある。

だからって、どうしてこんな話を聞かされているのか、頭が理解を拒否してしまう。

「そんなの関係なくない？　あさひ先輩の、仕事も頑張りますっていうオーラ、鬱陶《うっとう》しかったんだよね」

「あー、わかる。昇進した私、素敵ーみたいな圧も鼻につくっていうか」

（そんなこと思ってなんか……っ。もう早く出ていって、聞きたくない……！）

あさひは手で耳を塞《ふさ》ぐ。だが、声は容赦なく耳の内側へ入ってきた。

「ね？　合コンが入ったからネイル塗ってただけなのに、注意してくるんだよ？　自分はネイルを塗らなくても景ちゃんと付き合える女ですーって、見せつけてるようなものだよね。当てつけもいいとこ。景ちゃんも、あさひ先輩は可愛げがないから、私といると癒《い》やされるって言ってたもん」

心臓がぎゅっとつかまれたようになり、あさひは酸素を求めるように喘《あえ》ぐ。

「でも私はてっきり、結麻は如月《きさらぎ》統括を狙ってると思ってたよ」

「そうだよ！　統括ならルックスもキャリアも抜群だし、お金もあるし最高じゃない？　本命だったよぉ。でも押してもぜーんぜんダメ。〝鋼鉄〟って、仕事の姿勢だけじゃなくて女に対してもだよね。見向きもしないの。統括を狙ってる女子もことごとく玉砕してきたっぽいよ」

統括部長である如月凌士は、この会社の創業家一族であり次期社長だ。そして飛び抜けて有能。女子社員が狙うのもうなずける。

あさひは彼をひとりの男として見たことはないものの、上司として尊敬している。けれど、今は上司より景のことだ。

「本人は脈ナシなのに、玉砕してきたセンパイがたには目をつけられるし、すっごい理不尽。だから景ちゃんに狙いを変えたの。私、二十七歳までには結婚したいし、時間を無駄にしたくないもん」

「それでいくと、たしかに野々上課長って手頃感ある。手の届くハイスペックっていうか。うまくやったね、結麻」

えへへと結麻が笑う。勝ち誇った顔をしているのかもしれない。

ふたりが出ていってからも、あさひは唇をきつく噛んだまま動けなかった。

昼休憩が終わるというときになって、ようやくのろのろとスマホを取り出す。

あさひは血の気の引いた指で、結麻の件で話がある、と景にメッセージを送った。

（可愛げがない、か……わかってる、けどあらためて言われると……キツいな……）

ワンフロアに百五十名ほどが勤務する三十階のオフィスでは、昼休憩を終えた社員が続々と仕事に戻っている。

そんな中、現在所属する企画部の自席にどうにか戻ったあさひは、まだ呆然《ぼうぜん》としていた。

もしも購買部所属のままだったら、景と結麻の姿が目に入るたびに心臓を抉《えぐ》り出される気分を味わったに違いなかった。別の部署でよかった。

そうは思うものの、メールをチェックする目が滑ってしまう。

とはいえ、もともと負の感情を外に出さずに溜めこみがちな性格のせいか、誰もあさひの変化に気づく様子はない。

今だけは、そんな自分の性格に感謝するべきかもしれない。

（それに、仕事。仕事があるからまだ大丈夫。チーフになったばかりだし、手を抜いてられない）

あさひは呪文のように言い聞かせながら、午後の業務をこなす。

「碓井チーフ、ファイル送ったんで判子お願いしまーす」

向かいの席から手嶋《てじま》が人懐こい顔を覗かせた。結麻とおなじ二十五歳にしては童顔の手嶋は、あさひが今の部署に異動してから持った初めての部下だ。あさひに懐いているのだが、お調子者なところがある。

あさひは意識して普段通りの笑みを返した。

「うん。すぐやるね」

送られてきたファイルをそそくさと開く。押印といっても、電子判子だ。

頭の中はぐちゃぐちゃだったけれど、いくつか手嶋に確認をしてから〝承認者〟欄に電子判子を押す。

（大丈夫、わたしは〝承認者〟。仕事は頑張れる）

承認者欄に判子を押せるのは、チーフとしての仕事を認められているから。そう自分に言い聞かせて、あさひは気持ちを立て直そうとする。

「部長に回すね」

「あざーっす。碓井チーフはすぐ確認してくださるから、すげぇ助かります。そうだ、もう一件、相談いいですか？　ちょっと困ってる案件があって」

「おだてるのが上手なんだから、手嶋くんは。いいよ、どれ？」

手嶋が嬉々《きき》としてあさひの席に回りこんでくる。小型犬を思わせる顔には、あさひの内心に気づいた様子はない。

（せめてチーフとしては、きちんとしていよう）

それが、あさひにとっての最後の砦《とりで》。

——けれどその日の夜のうちに、その砦さえもあっけなく崩れてしまった。


夜。あさひは、景が暮らすマンション近くのファミレスで景と向かい合った。

メッセージには部屋で話そうと書かれていたけれど、いざマンションのエントランスで呼び出したら、景が下りてきたのだ。

『部屋はちょっと……外でいいかな』

そのひと言だけで部屋に結麻がいるのだと察しがつき、あさひは唇を噛んだ。

ファミレスは暖房が利いておらず、あさひは薄手のコートを脱いだとたん後悔した。きっと長くはかからないのに。

ドリンクバーの薄いコーヒーを舐《な》めながら、景が向かいで所在なさげにコーヒーのカップを持ち上げては下ろすのを眺める。

社内では癒やし系と称されていた特徴的な垂れ目が、いつにも増して垂れている。

裾の伸びた部屋着を着た景は、これまでより小さく見えた。

あさひが問いつめるまもなく、景はあっさりと浮気を認めた。

「ごめん。結麻のことは……なんだかんだと頼られるうちに、放っておけなくなって。でもそれだけで、指輪にも深い意味はないっていうか。どうしてもほしいって言うからしかたなく」

「しかたなく、なら許されると思った？　そんなわけないよ」

だいたい、海外の有名ブランドの数十万円もする指輪をプレゼントする時点で、軽い気持ちじゃないだろう。

「だから悪いと思って、君にはチーフのポストをあげたんじゃないか。君だって指輪より、昇進のほうが嬉《うれ》しかっただろう？」

カップをテーブルに置く手元がぶれ、中身が揺れてこぼれかける。

「な……に、言ってるの？　チーフ職をあげるって」

「うちにはすでにチーフがいるから、君を自然な形で昇進させるためには、よそに異動させるしかないだろう？」

景が気まずそうに顔を歪める。景は目の前にいるのに、すごく遠い。約一年も付き合ってきたのに。

なにを言ってるのか、まるでわかり合える気がしない。

「これでも僕なりに、結麻にだけ渡したんじゃ君に申し訳ないと思って――」

「昇進させてやったんだから、文句を言うなって……？」

つかんでいたカップが、かたかたと揺れる。あさひは落ち着こうと何度も浅い息を繰り返した。

ようやく手の震えが収まったとき、今度は全身が虚脱感に襲われた。

「……わかった。別れよう」

あさひはふらふらと店をあとにした。


オフィスの建ち並ぶ一角から離れた、裏通りの古いビルの地下にあるバーは、壮年のマスターひとりで切り盛りしていた。

適度に落とした淡い照明に、ていねいに磨かれたバーカウンターが艶を放つ。カウンターうしろの棚に並ぶ酒のボトルも、珍しいものばかりだ。

電車に乗る気にもなれず、うろうろと歩くうちに見つけたのがこの店だった。

知る人ぞ知るといった佇《たたず》まいに緊張したのは、最初だけだ。

飲み始めればすぐに、緊張なんて頭から抜け落ちた。

「は……あ」

あさひは三杯目のギムレットを飲み干す。

すいすい飲めて簡単に酔えるものを、という曖昧《あいまい》な注文に、マスターがチョイスしてくれたのだ。

カクテル言葉は〝長いお別れ〟だと聞いて、やけになる気持ちに火をつけられたせいでもある。

重いため息とともにカクテルグラスをカウンターに置き、あさひはお代わりを注文する。

マスターには気遣わしげな目を向けられたが、どうでもよかった。

新たな一杯を口に含み、あさひはため息を重ねる。

(景と話すようになったのは……入社三年目だったっけ)

それ以前もおなじ部として接点はあった。けれど距離が近づいたのは、二十五歳になる夏に、景の所属する購買第一グループに異動になってから。

指導者が立て続けに替わり、満足に指導を受けられなかったあさひにとって、景は実質的に初めての指導者といえた。

あさひは一から十まで景の教えに従った。わからないことがあれば、真っ先に景に確認した。

今から思えば雛《ひな》が親鳥についていくように、景についていったのだと思う。

景も、あさひを部下として可愛がってくれた。

彼との関係が変わったのは、その年の忘年会。酒に弱い景の介抱をしたのがきっかけで、ふたりでご飯を食べに行くようになった。

そしていつしか、はっきりした言葉のないまま、恋人としてのお付き合いが始まった。

大きな喧嘩《けんか》はしたことがなかった。ただ、景はあさひが自分より酒に強いのをよく思っていなかったから、あさひは景の前では飲まないようにしていた。

喧嘩にならないように、努力していた。

（いつから……だったのかな。結麻ちゃんとは……）

思い当たるのは今年の七月、お盆の休暇予定を提出するころ。

旅行に誘ったあさひに、景はごめんと首を横に振った。取引中の海外企業と会議があるから、と。手伝えることはあるかと尋ねても、ないという返事だった。

休暇が明けてから、会議を行った事実はないと知った。それどころか、景が挙げた企業は、あさひたちの勤める如月モビリティーズとはなんの接点もない会社だった。

でも、そのときは深く追及しなかった。部員にも秘密の会議かもしれないから、口にするのもはばかられた。

それから、景からの連絡はどんどん途切れがちになった。

職場ではふたりの関係を秘密にしたい、と言われていたから、あさひは職場で彼に尋ねるのを我慢した。メールを送ることも控えていた。

（それでも、結麻ちゃんは気づいてた……。だったらいっそ職場でもなんでも、景を強引につかまえて問いただせばよかった？）

なんて、もう遅い。

『結麻のことは……なんだかんだと頼られるうちに、放っておけなくなって』

くしくも、その言葉はあさひが付き合い始めた当時に言われたものとおなじだった。

（結麻ちゃんにも甘い言葉をささやいたり、触れたりしたってことだよね……）

吐き気が喉元までせり上がり、あさひはそれを押し戻すようにグラスの中身を勢いよく喉の奥へ流しこむ。

ちりっとわずかに刺す刺激とともに、頭がくらりとする。

（しかも昇進がその償いだった、って。そんなの……！）

仕事は大丈夫、問題ないだなんて思った自分が滑稽《こっけい》だった。

実力を認められたわけじゃなかったのだ。見当違いもいいところだ。

考え始めると思考が暗く沈むのを止められない。

お代わりを催促すると、マスターは一瞬だけ眉をひそめたが、すぐに新しいグラスを置く。勢いよく飲むと、頭がぐらりとした。

（最初から、間違ってたのかも）

仕事を教わって景を慕った。その感情を恋と名付けたのが、間違いだったのかもしれない。

あさひが思考を飛ばすようにしてギムレットを呷《あお》ったのと、年代物だろう黒塗りの扉が開いたのは同時だった。

なにげなくそちらを見たあさひは、入店した人物に目を留めた。

真っ先に目を引くのは、ひと目で上質だとわかるスリーピースのスーツを着こなした、スタイルのよさ。肩から腰へ逆三角形を描くラインは引きしまっており、脚がすらりと長い。

整った鼻梁《びりょう》に、近付きがたい雰囲気すら感じさせる切れ長の目。シャープな輪郭を描く、面長の顔。どれをとっても、彫像めいた美しさだ。

なにより、全身から放たれた威圧感とも威厳ともいうべきオーラに圧倒される。

切れ長の目が、鋭く店内を見回す。その目と視線がぶつかったとたん、あさひは顔を強張《こわば》らせた。

「如月統括部長……」

結麻がルックスもキャリアも抜群だと言っていた、社長令息にして次期社長だった。

如月モビリティーズは、その名を知らない人間はいないだろう、日本を代表する自動車メーカーだ。グループ会社を合わせれば社員数は十万人を超え、単体でも万を超える従業員を抱える。年間売上高は十兆円を下らない。

彼は現在、その親会社で事業開発本部　事業開発統括部長の職に就いている。

トップの本部長は執行役員を兼務するので、その下である統括部長は役員の一歩手前、ということになる。

三十四歳での統括部長職は、凌士が社長令息である事実を加味しても異例の人事だった。現社長が統括部長に就いたのは四十のときだというから、凌士の優秀さに舌を巻く。

（情に流されない〝鋼鉄の男〟なんて皮肉られてるけれど……それだけ決断力も行動力もあるひとだからで）

一方、あさひの所属するリソースソリューション企画部——略してＲＳ企画部は、事業開発統括部の下に位置する部のひとつ。

つまり凌士はあさひの上司の、さらに上司であるわけで。

（職場の、しかも上司に会うなんてツイてない……！）

とはいうものの、あさひ自身は凌士とは内示が出た際に軽く挨拶したきりだ。

だから率直に言えば、凌士は住む世界の違う相手という感覚が近い。

（でも目が合った以上は、気づかないふり……できないよね）

しかも凌士は、あさひのいるカウンターへまっすぐやってくる。

あさひは反射的に立ち上がりかける。けれど、凌士に手振りで制止されるほうが早かった。

「ＲＳ企画部の碓井か、お疲れ」

低く、落ち着いた声だ。

顔と名前を覚えられていたのが意外で、あさひは挨拶を返しつつこっそり驚いた。

凌士ほどの立場なら、末端の部署の、しかも異動してまもない部員の名前なんて、覚えていなくてもしかたがないのに。

「待ち合わせか？」

凌士は片手でネクタイをゆるめると、ビールを頼んであさひの隣に腰を下ろした。

それだけの仕草なのに、妙に色香がある。

あさひは見入っていた自分に気づき、ばつの悪い思いで視線を前に戻した。急に酔いが戻ってくる。

「ひとりです。やけ酒に付き合ってくれる友人が、今日は捕まらなくて」

「やけ酒？　どうした」

「どうも……しません」

あさひはふわふわと笑い、中身が三分の一ほどに減ったグラスを軽く持ち上げる。頭の芯にまで、お酒が染みこんでいる。

凌士もマスターから受け取ったグラスを乾杯の形に傾け、口をつけた。

「統括は、こちらにはよく来られるんですか？」

「月に一、二度程度か。ひとりで考えたいときに来る」

「なんかわかります。ここ、隠れ家みたいで落ち着きますもんね」

（落ち着きとはほど遠い勢いで、お酒を摂取したけれど……）

あさひは自嘲《じちょう》気味に弱く笑って、飲むスピードをゆるめる。上司の前で、ジュースのように飲むのはまずい。

それきりなんとなく会話が途絶え、凌士が静かにビールを飲む。

（グラスを扱う指、すごく綺麗《きれい》……）

沈黙そのものは悪い気分じゃない。あさひも凌士の邪魔をしないよう、黙ってグラスを傾けた。

隣で飲む凌士からは、威圧感をさほど覚えないのも心地よかった。あさひ自身の頭が、ぼんやりしてきたからかもしれない。

とはいえ、考えごとがあるなら、早くひとりになりたいだろう。ギムレットを飲みきったあさひは、じゃあ、と腰を浮かせた。

「わたしはそろそろ失礼しますね。統括はゆっくりなさってください」

「いや。碓井さえよければ、もう少し付き合ってくれ。帰りは送る」

「えっ……ご一緒してもいいんですか？　わたしが？」

あさひは目をしばたたいた。

「ああ。碓井に付き合ってほしい」

戸惑うあさひに凌士が真剣な顔でうなずき、マスターを呼ぶ。

次の一杯をごく自然に尋ねられ、あさひは少し迷ってまたギムレットにした。おずおずとスツールに腰を戻す。

座る直前によろめいたところを、とっさに伸ばされた凌士の手に支えられた。節ばって、大きな手だった。

「酔ってるな」

「そんなことないですよー……。でもありがとうございます」

五杯目のギムレットは、ジンの鋭い飲み口のあとにライムの酸味が喉を滑った。甘めに作られたのか、舌には爽《さわ》やかな甘みがほのかに残る。

でも、なにか違う。

「これ、なんか……薄くなってません？」

マスターに尋ねたはずが、答えたのは凌士だ。

「酒はこれくらいにしとけ」

いつのまにか、凌士がギムレットを薄めるようマスターに頼んでいたようだ。あさひはふわっと微笑んだ。

「ぜんっぜんですよ。まだいけますし、これじゃ物足りないです。マスター……」

グラスをカウンターの向こうへ押し戻そうとした手に、凌士の手が重なる。

やんわりと、だけど有無を言わせない止めかたに、あさひの力が抜ける。

グラスから手を離すと、凌士の手もあっさりと離れていった。

「なにがあった？　言ってみろ」

「え」

「購買から異動して二ヶ月か、問題が起きたか?」

「なにも……」

あさひはもう一度、笑ってかわそうとしたが、思わぬ鋭さで見つめられた。

「職場でも顔色が悪かった」

あさひの笑いが中途半端に強張った。

(手嶋くんにも気づかれなかったのに、どうして……)

これ以上、なんでもないふりはできなかった。凌士に気づかれていたのかと思ったら、胸の内に留めていられなくなった。

「……お付き合いしていたひとに、フラれました。浮気されていたんです」

とうとう言ってしまうと、鼻の奥がつんとした。あさひは目をしばたたき、冷えたカクテルグラスの脚をつうとなぞる。

「可愛くて、守ってあげたくなるような子と付き合ってました。彼はとっくにわたしには冷めていて……それに」

爪の先で、グラスを弾く。キン、という硬質な音が、まるでとどめを刺すように聞こえる。

「わたし、チーフなんて器じゃなかったんです」

あさひはうなだれた。

「すみません、こんな話」

「いい。聞く」

短くも、力強い。凌士は嫌そうな顔をせず、目線で話の先を促した。あさひは胸につかえたものを絞り出す。

「なにも、なかったんです。愛されるだけの可愛げも、評価されるだけの能力も。わたし……購買の仕事が好きでした。原材料や部品を調達する……物づくりの土台を任されているのが誇りで、いい結果を出せば製品を買うお客様にも喜んでもらえる……そう思って、頑張ってきました。チーフになれたのは、その頑張りへのご褒美だと思っていました。それだけお客様を喜ばせられたんだって、嬉しくて。でも……ただの思い上がりでした」

思い返すほどに、自分の愚かさが際立つ。

（ほんと、馬鹿……）

酔いも回って、くすくすと笑い声が口をつく。

ふたり分の空席を挟んだ向こうから別の客の視線を感じたけれど、気にする余裕なんてない。

口を開いたが最後、止められない。

酔いも手伝って勢いづき、あさひは栓《せん》の外れた蛇口《じゃぐち》さながら、吐き出してしまった。

社内恋愛だったとか、その元恋人によって昇進に手心を加えられていた、なんてことは次期社長の前ではさすがに言えなかったけれど。

「……碓井」

「なんて、お耳汚しでしたね！　お酒の場だということで聞き流してください。次、なに飲みます？　わたしはまたギムレットにしようかな……」

「碓井」

「あ、お代わりお願いしまーす」

この話題はこれで終わりとばかりに、あさひは注文を重ねた。

凌士が口をつぐむ。黙って付き合ってくれる大人の気遣いに、あさひは無言で甘えた。

「ご馳走《ちそう》になってしまって……ありがとうございました」

ビルの前の人気《ひとけ》のない道に出ると、あさひは凌士に頭を下げた。冷たく乾いた空気が髪をなぶり、コートの身頃をかき合わせる。

どれくらい飲んだのか、あやふやだ。

あさひが化粧室から戻ったときには会計も済んでおり、自分の分は払うと言っても凌士は取り合わなかった。

吐いた息が白く色づき、とろりとしたアルコールの匂いを放つ。

凌士が呼んでいたらしいタクシーが、しんとした夜の気配を縫うようにして滑りこんだ。

「送っていく」

「いえ、ひとりで帰れますー……。まだ電車も間に合いますし」

「いいから乗れ」

タクシーの後部座席ドアが開く。凌士に手を引かれそうになり、あさひはうしろに下がって首を横に振った。

「ちゃんと歩けますよー……。統括部長こそ、遅くまで付き合ってくださったんですから、早く帰ってください。ほら、早く」

外の空気を吸ったせいか、現実が迫ってくる。喉の奥から、お酒で流しこんだはずの痛みが迫り上がってくる予感にあさひは焦った。

これ以上、凌士と一緒にいるのはまずい。

あさひは絞り出すようにして笑うと、手振りで凌士をタクシーに追いやった。

「碓井」

凌士が後部座席から、ふたたび手を伸ばしてくる。

（……っ、限界）

「失礼します！　また月曜日に。お疲れさまでした」

あさひはありったけの力で最後に笑顔を作ると、凌士の手に捕まる前に踵《きびす》を返した。

ともすればもつれそうになり、駅への道を急ぐ。違う、駅ではなく誰にも見られない場所がいい。なのに気ばかり焦って、足がついてこない。

（あんな風に親身に、わたしの話に耳を傾けてくれたら……）

ずっと我慢していたのに、気を張っていたのに。

凌士に吐き出してしまったせいで、心のやわい部分が剥《む》き出しになってしまった。

バランスを崩しかけ、あさひはたたらを踏んだ。道路の溝に、パンプスのヒールが嵌《は》まっている。

あさひは顔を歪めてパンプスを引き抜いた。大事に履いていた靴なのに、踵《かかと》の革がめくれている。

（もう無理……っ）

とうとう、涙がこぼれた。

あふれた瞬間は熱かった涙は、外気に触れたとたんにあさひから熱を奪っていく。

一度、流れてしまえばもう止められなかった。

周りを気にする余裕もない。あさひは嗚咽《おえつ》を漏らしながら、よろよろと歩みを再開する。

そのとき、震えていた肩を強く引かれた。

「碓井！」

「……っ⁉」

振り向いたあさひの目に、凌士の強いまなざしが映った。

走ってきたのか、かすかに肩が上下している。怖いくらい真剣な目に、つかまれた肩が強張った。

「乗れ」

鋭く命令され、あさひは我に返った。

「やっ……ちょっ、離して！　見ないでください！」

「なにも見ていない。だから乗れ」

「やっ！」

手を振り払おうともがくと、視界が急に狭くなった。反射的に頭に手をやる。凌士の脱いだジャケットが被さっていた。

清涼感のある香りに包まれる。

驚いてジャケットの下から凌士を見上げると、肩を抱き寄せられた。力強いぬくもりに、心がますます脆《もろ》くなるのが自分でもわかる。

泣きやまなきゃと思うのに、気づけばさっきよりも激しく泣いていた。

待たせてあったタクシーに乗せられたら、いよいよダメだった。凌士のジャケットを深く被り直す。

「すみません……」

「なにも言うな。泣きたければ泣いてろ」

タクシーが静かに走りだす。

見ていないと示すかのように腕を組み、目を閉じた凌士の横で、あさひは泣きじゃくった。

瞼《まぶた》の裏が明るく染まり、あさひは意識を押し上げられるようにして目を覚ました。

(頭、痛っ……)

あさひはこめかみを押さえ、ふらふらと体を起こす。見覚えのない景色が目の前に広がっていた。

グレーを基調にした部屋は、寝室らしかった。天井からは洒落《しゃれ》たペンダントライトが吊《つ》り下がり、東南に大きくとられた窓からは、カーテン越しに冷たくも爽やかな陽の光が差しこむ。日が昇ってからずいぶん経《た》っているらしい。

あさひは無意識に枕元のスマホを探したが、見当たらなかった。代わりに、ベッド脇にあるテーブル上のアナログ時計が十時を指すのが目に入る。

(えっと……?)

まだぼうっとする頭で部屋を見回す。

テーブルの上には置き時計とタブレット端末が無造作に置かれただけで、ほかにはこれといった小物はなかった。壁際のチェストも同様で、飾られたものもなくすっきりしている。

調度品はどれも持ち主のセンスがうかがえるものだったが、雑然としたあさひの部屋とは対照的だ。まるで寝るためだけの部屋という感じがする。

見るともなしに見るうち、しだいに意識がはっきりしてきた。

（ここ、どこ……⁉　たしか、昨日は）

地下のバーで凌士と出会って、凌士に向かって、胸の内を吐き出した。それに……だいぶ飲んだ気がする。だいぶ、なんて可愛いものじゃない。それから――。

（思い出した……！）

あさひは蒼白《そうはく》になって両手で顔を覆った。

脈が乱れ打ち、はっとして自分の身をたしかめる。昨日の服装のままだ。下着も、ストッキングすら脱いだ形跡はない。

そのことにまずほっとする。酔って脱いだり、その先に進んでいたら目も当てられない。

（だからって、なにも安心できないけど……！）

あさひはベッドから下りて寝室を出ると、祈るような気持ちでリビングに足を踏み入れた。

「統括部長……」

凌士は、ソファに仰向けで体を投げ出して眠っていた。

体に対してソファの幅が足りておらず、スウェットに包まれた脚がはみ出ている。

（そうだ、昨日はタクシーに乗せられたんだった……っ、どうしよう）

あさひはパニックになった。凌士の前で泣いたあげく、タクシーの中で眠ってからの記憶がない。

人生最大の失態だ。

凌士はさぞ困ったに違いない。寝てしまったあさひをどうすることもできず、しかたなしに連れ帰ってきたのが容易に想像できる。

（上司にこんな迷惑をかけるなんて最悪……！）

錯乱状態のままに頭を抱えていると、凌士が身じろぎした。ソファでは窮屈なのだろう、眉間に皺《しわ》が寄っている。

綺麗な顔立ちだな、なんて場違いな感想を抱いたのもつかのま、あさひはますますいたたまれなくなった。

さっきは気づかなかったけれど、メイクを落とさずに寝たせいで肌がガサガサだ。とっくに崩れたメイクがどうなっているのか、鏡を見るのも怖い。子どもみたいに泣いた目元だって、腫《は》れているだろう。瞼がひりついて痛い。

（どうしよう……！　えっと、まずは謝らなくちゃ……！）

これは全面的にこちらが悪い。

頭ではわかっているものの、かといってドロドロの顔を見せるのもたまらなく嫌だ。すでに醜態をさらしている自覚があるとはいえ、それはそれ。

髪もボサボサで服だって皺だらけ。とてもじゃないけれど、上司の前に出られる格好じゃない。謝るにしても、こんなんじゃ――。

「碓井……？」

「っ！」

ソファのそばでおろおろと頭を抱えながら対応を考えていたあさひは、凌士の声に飛び上がりそうになった。

起き抜けの気怠《けだる》げな目が、あさひを見上げている。

凌士は、目の上にかかった前髪を無造作に払った。その仕草が、やけに色っぽく見える。

見慣れたスーツ姿とのギャップにも妙な色気を感じてしまう。

（わたしってば、なに考えて……！）

あさひは思わず目を逸らした。心臓がドクドクと鳴るのが、いたたまれない。

「ああ……そういや、そうだったな……」

凌士はソファに起き上がると、眉間を揉《も》んだ。

視線がみるみる険しくなっていく。

怒るのも当然だ。あさひは自分を殴りたくなった。

「碓井、体調は」

「申し訳ございませんでした！」

気遣われたと気づくより早く、あさひは頭を膝につける勢いで思いきり下げる。重い鈍痛にうめきそうになったけれど、なんとか耐える。

それより、雲上の人間を前にして恐ろしくて顔も上げられない。

心臓が暴れ狂ってしまう。

「大変ご迷惑をおかけしました。心よりお詫《わ》び申し上げます……！」

「おい、碓井」

「失礼します！」

あさひは素早く周囲を見回し、ダイニングテーブルの椅子の背にかけられたコートとバッグをひったくる。なにか聞こえた気もしたけれど、振り返る余裕もなく部屋を飛び出した。

このときはまだ、このひと晩がふたりの関係をどう変えていくかなんて、知る由もなく。

# 二章　冷徹で強引な、優しい上司

週初めの月曜日は、十一月下旬にしては珍しくあたたかかった。

自席に座るあさひの視線の先では、スリーピースのジャケットを脱いでシャツとベスト姿になった凌士が、自席に呼び寄せた部下へ指示を飛ばしていた。

部長職以上の席は、窓を背にしてフロア内を向くように設けられている。

凌士の席も例に漏れず、事業開発統括部全体を見渡せる配置だ。

逆に言えば、あさひの席からも凌士の姿がよく見えた。

凌士が、いくつものプロジェクトを掌握《しょうあく》し、決断を下す姿も。

「次世代エンジンプロジェクトの件、金曜に決定報告を受けたA案ではまだ弱い。駆動機構開発の視点をこう変えてみろ――」

「――あ、そうか。そこは盲点でした！　これなら開発コストも、さらに一割は抑えられます……！　ありがとうございます！」

会議を何度も重ねた末に決定した案らしかったが、ふたりの会話から、その案がこの短時間でさらに改良されたのが察せられる。

席を下がる担当者と入れ違いに、別の担当者が判断を仰ぎに来た。凌士は渡された資料を一瞥《いちべつ》するなり指示を出す。

「この開発施策で、ボトルネックはこの部分だ。そこで先手を打つ。要は欧州の規制強化を逆手に取って――」

「――なるほど、そうすればイメージ戦略にもプラスになりますね。不確定要素も潰せて一石二鳥……」

「そういうことだ」

凌士はとにかく判断のスピードが速く、頭が切れる。指示が的確なのも、担当者の表情から一目瞭然だ。

あさひはその様子を目の当たりにして、ほうっとため息をついた。

「――碓井チーフ、来月のイベントの話、どうなりましたか?」

あさひははっとして目線を自席の前に戻した。手嶋が、あさひのほうに身を乗り出している。

「それは広報の回答待ちだよ。そうそう、お願いした資料はできた?」

「そっちはもうすぐです。終わったら褒美に飲みに連れてってくださいよ。サシで」

「ご褒美は、イベントの実施結果次第かな」

「じゃあ今夜は、褒美とは別ってことで。ね、行きましょうよ」

「一発でOKを出せるような仕上がりだったら考える。まずは手を動かしてね」

手嶋は「はーい」と悪びれた様子もない返事をして、キーボードを叩《たた》き始める。受け答えのトーンは軽いが、手嶋はこれでなかなか優秀なのだ。

（でも、距離感が近すぎるんだよね……上司だと思われてないのかも）

実際、今となっては上司だと胸を張れない。また景のことが頭に浮かび、あさひはかぶりを振る。

手嶋はしばらく黙って仕事をしていたが、ややあってからふたたび口を開いた。

「今の統括の話、聞きました？　ネバダのシステム開発会社の件、業務提携結んだらしいっすよ」

「えっ？」

あさひは思わず凌士のほうを振り返った。凌士に注目したのはあさひだけではない。あちこちでどよめきが起きていた。かなり大きな案件のようだ。

凌士は先ほどとは別の社員を自席に呼び寄せており、彼に向かって朗々とした声で指示を与えている。

「――プレスリリースは来週。忙しくなるぞ」

最後にそう締めくくると、フロア内に歓声があがる。

異例の早さだ、まだ三ヶ月だろ、まさかこの短期間で——などというざわめきが、あさひのもとまで届いた。

「手嶋くん、知ってるんだ？」

「ああ、そうか。碓井チーフはこっちに来て日が浅いから知らないんですっけ。うちがずっと狙っていたんですよ、ネバダ。でも競合との熾烈な奪い合いになるんじゃないかって、もっぱらの噂《うわさ》だったんですけどね」

手嶋が競合の社名を挙げて声をひそめる。

「三ヶ月で打診から業務提携の契約成立って、ふつうあり得ませんよ。競合を出し抜いたんだから、相当強引なやり口だったんじゃないっすか？　如月統括、間違いなく恨みを買ってますね」

凌士のやりかたは往々にして、社内の一部から反発を買っている。鋼鉄の男と言われるゆえんだ。

その反発が表に出ないのは、凌士が御曹司だという理由ももちろんあるが、ひとえに彼がその反発を黙らせるほどの業績を叩き出すからだった。

自動車事業本部と違って目先の売り上げに貢献しない事業開発本部が、毎年潤沢《じゅんたく》な予算を得られるのも、凌士の貢献によるところが大きい。

「あのひと、部下を駒としか思ってなさそ。ああいうのが会社のトップになるかと思うと、うちも終わりっすね」

「そうかな……？」

あさひはふたたび凌士を見やり、首をひねった。

少なくともつい先週、バーで話を聞いてくれたときも家でも、凌士はあさひに親身だった。部下を駒だとしか思わないのなら、適当にあしらったはずだ。

（ダメな姿をあんなに見せたのに、すごく……優しくて）

思い出して心拍数が一気に跳ね上がる。顔が熱くなったのがわかり、あさひは手嶋に見えないよう手で顔を扇《あお》ぐ。

「陰で潰されてる社員も多そう。関わりたくないっすね。それで、チーフは統括になにか用事があるんですか？」

「へっ？　用事なんかなにもないけど？」

ぼんやりと凌士を見ていたあさひは、我に返ってパソコンに視線を戻した。

「でも、さっきからずっと見てません？」

あさひは動揺を隠し、なんでもない風を装った。

「まさか。小春日和だなって、窓の向こうを見てただけ。職場が三十階だと、ちょっとした展望台みたいで気持ちいいよね」

駅前の一等地に燦然《さんぜん》と建つビルの高層階フロアは、いずれも如月モビリティーズと関連企業で占められている。しかも、南西に向いた壁は総ガラス張りだ。眺望のよさは、ほかのビルでは味わえないものだと思う。

あさひがとっさに逸らした話題に、手嶋はたいして興味もなさそうにうなずいた。

「だいたい、用件があるならまず部長に相談するよ。部長を飛び越えていきなり統括なんて恐れ多い」

「それもそうっすね」

後輩はふたたび生返事をすると、仕事に戻った。あさひはほっとして、もう一度だけこっそり凌士に視線を向ける。

奢《おご》ってもらって、送ってもらって……さらにはひと晩泊めてもらったというのに、あんなテンパった状態の謝罪の言葉だけでいいわけがない。

かえって心証を悪くしたはずで、でもリカバリーしようにも今は業務中だ。

（というか、いっそ忘れてほしい……）

思い出すにつけ、頭を抱えずにいられない。

直接の上司ほど接点がないだけマシだとしても、相手が相手だけに気まずさが沸点に達しそうだ。

（でも、忘れてほしいなんて勝手すぎるよね……！）

思考がぐるぐると迷走したとき、こちらを向いた凌士と目が合った。

「っ！」

あさひはとっさに目を伏せ、キーボードを叩いた。無意味な文字列がモニター上に並んでいく。

（びっ……くり、した……って、目を逸らしたらダメじゃないの）

心臓がばくばくとうるさく騒ぐ。

凌士の視線はまるで、あさひの心臓をも貫きかねないものだった。やっぱり、先日のあさひの態度が腹に据えかねているとしか思えない。

動悸《どうき》のする胸を押さえ、あさひはまた仕事のついでのようにさりげなく凌士の席を見やる。

凌士はもうこちらを見てはおらず、よその統括部長と打ち合わせをしていた。

「ふーっ……」

ふたたび自分の醜態がよみがえり、あさひは机に突っ伏す。

ただでさえ印象が最悪なのに、この上、できない社員だと思われてプロジェクトから弾かれる――なんて将来予想図は描きたくない。

（うん、もう一度きちんと謝ろう。お礼も伝えなきゃ）

あさひはそう決め、猛然と仕事を始める。

そのあさひを、凌士が業務の合間にちらちらと見ていたなんて、完全に想像の外だった。

如月モビリティーズはいわゆるホワイト企業の筆頭で、社員の労働時間は厳しく管理されている。

特に本社機能のあるここでは、本部長や凌士の奨励もあってか、社員は上司の顔色を気にせずに帰宅する習慣がついている。だからまだ夜の六時半といっても、残業している社員はまばらだ。

「資料できたんで、共有フォルダに入れました。確認いいっすか？」

「わかった」

プロジェクト名をつけたフォルダをクリックし、資料に目を走らせる。

掘り下げかたの甘い部分はあるが、よくできている。手嶋には、あさひの指導などいらないかもしれない。

（わたしだって、ほんとうならまだチーフじゃなかったわけだから……）

ふと浮かんだ考えを頭から追い払い、あさひはファイルにコメントを入れ、フォルダに保存した。

「今戻したから、修正お願いできる？　今日はもう定時を過ぎてるから、明日でいいよ」

「じゃあチーフ、飲みに行きましょうよ。ね？　駅向こうに洒落たイタリアンができたんですよ。興味ありません？」

手嶋が早くも帰り支度を始めながら声を弾ませる。しかし、あさひの視線は自然と凌士のほうへ向いた。

さっきから機会をうかがっているのだが、社員たちが次々に帰っていっても、凌士が席を立つ気配は一向に訪れない。

（忙しい？　なら明日のほうがいいかな、でもこういうのは早いほうがいいし……）

迷っていると、顔を上げた凌士と目が合った。

あさひはとっさに席を立つ。

「碓井チーフ？」

「一発ＯＫじゃなかったから、今日はなしね。お疲れさま」

背中越しに聞こえる手嶋の声に、あさひは軽く振り向いて断った。怖気づきそうな心を叱咤《しった》して、統括部長席へ向かう。

「統括部長、お忙しいところ失礼します。少しお時間いただけないでしょうか？」

肩が強張る。気まずさから目を逸らしそうになるのを、あさひはなんとか踏みとどまった。

「なんだ？　時枝《ときえだ》には言えない内容か」

あさひの所属するＲＳ企画部の部長の名前を持ち出され、かぶりを振る。

「いえ、その……先日の件で……」

凌士が眉間に眉を寄せ、席を立つ。

「俺も話があった。今日の仕事は？」

「もう上がれますが……？」

「なら、行くか。付き合え」

凌士は言うが早いか立ち上がると、鞄《かばん》を手に取って歩き始める。

「えっ、あのっ……？」

あさひは急な展開に慌てて鞄とコートを取ってくると、凌士のあとを追った。

あさひが連れていかれたのは、ファッションビルやシネコン、大型商業施設などが照明も眩《まぶ》しく林立する隙間に佇む、昔ながらのこぢんまりとした定食屋だった。

引き戸を開けて暖簾《のれん》をくぐるなり、醤油《しょうゆ》と出汁《だし》のほっとする匂いがふたりを歓迎する。

「いらっしゃい。あら、淩さん。お連れさんなんて珍しい」

きりりとしたたいで立ちの女将《おかみ》に迎えられる。淩士に促され、あさひはおずおずとカウンター席に腰を下ろした。

（また統括と並ぶなんて……緊張する……！）

あさひは右側の淩士を妙に意識しながら、店内を見回す。

白木の艶が美しいカウンター席は、ほぼ埋まっていた。切り盛りする五十代と思しき夫婦の雰囲気も、仲睦《なかむつ》まじそうで好ましい。

あさひは女将が差し出したおしぼりを受け取る。

「今日はいいメバルが入ったから、煮付けのほかに刺身もできるわよ。肉のほうの日替わりは酢豚ね」

「メバルか、久しく食べてないな。じゃあ刺身で。碓井は？」

「じゃあ……煮付けをお願いします」

注文を終えるといくぶん緊張がやわらぎ、あさひは凌士のほうを向いた。

「雰囲気だけで美味《おい》しそうですね……統括部長は常連なんですか？」

「家族ぐるみで世話になってててな。父が多忙で家に帰れないときは、母が俺と弟を連れて、ここで父と落ち合って夕食にするときもあった。会社からも近いからな。そういうわけで、家には家政婦もいたが家庭料理といえばここの味かもしれない。自分で作るときにも参考にしている」

「えっ！　料理されるんですか」

頻繁な外食や家政婦がいるという家庭事情にも驚いたけれど、料理をする凌士の姿が想像できない。

「驚くほどか？　頻繁ではないが、一般的なものは作れる」

「天から与えられるのは二物まででいいんですよ。わたしが打ちのめされます……」

「二物？」

「生まれと容姿と……あ、二物じゃなくて三物ですね。仕事もおできになるわけですし」

「〝鋼鉄の男〟だろう？」

凌士がふっと唇の端を上げる。

「ご存じでしたか」

「名付けたやつは、ネーミングセンスがないな。うちの製品の名付けは任せられない」

嫌みはなくて、純粋に楽しそうだ。

職場では見たことのない、やわらいだ表情をする。

あさひは小さく心臓が跳ねたのを疑問に思いつつ、運ばれた定食に箸をつけた。

「んんんっ、なにこれ、すっごく美味しい！」

出された煮付けは甘めの煮汁が身によく絡んで、ご飯が進む。

メバルのあらで出汁を取ったという汁物も、小鉢のなますも、ほっと体に染みこんでいく味だ。最近、自炊をおろそかにしていた我が身を反省する。

うるさいだろうかと思いつつ、あさひはつい、ひと口ごとに歓声をあげた。

一方、凌士は小さく笑うと黙々と箸を動かす。

歓声こそあげないものの、口元がゆるんだり、目尻が下がったりといった小さな表情の変化から、美味しいと感じているのが伝わってくる。

綺麗に箸を使う凌士の姿に、あさひはこっそり見入る。

凌士は御曹司なのだとあらためて思わされる。隣で食事をしているこの状況がふし

向き直った。
気持ちよく完食して、あさひは先週の件を切り出そうと、食後のお茶を飲む凌士に
ぎなくらいだ。
しかし、口を開いたのは凌士のほうが早い。
「先週は悪かった。自宅はまずかった。気分を害しただろう、謝る」
「どうして、統括が？　ご迷惑をおかけしたのはわたしです。すっかり寝てしまって、
申し訳ございませんでした」
あさひは思いがけない謝罪に目をしばたたき、頭を下げる。
「いや、部下には拒否権がないようなものだろう。誓って無理やり連れ帰ったわけで
はないが、そう取られてもおかしくない状況だった」
凌士が苦々しそうに眉を寄せる。
しばらくその顔を見ていたら、小さく笑ってしまった。
「ひどい醜態をお見せしたので、統括に失望されたと思っていました。今日、職場で
目が合ったときも、にらまれましたし」
「いや、俺はなにも見なかった。それに職場でのあれは、どう切り出すべきか考えて
いただけだ。碓井こそ、目を逸らしただろう」

「あれは、お恥ずかしい姿を知られてしまったので気まずくて……すみません」

「謝らなくていい。俺はなにも知らない」

「……ありがとうございます」

ベッドまで貸しておいて、泣き顔を見なかったはずはないと思う。それでも見ていない、知らないと言う凌士の気遣いに気持ちが軽くなった。

「統括のおかげで、土日は泣かずに済みました。話を聞いてくださって、ありがとうございました。……ここ、すごくいいお店ですね。わたしもこれから、ときどき食べに来てもいいですか？」

「もちろんだ。あのバーもいい店だろう。使え。上司と鉢合わせするのが嫌じゃなければ、だが」

「まさか、嫌だなんて」

「すまない、今のは否定を誘導する手口だったな」

凌士が苦笑いして、湯呑《ゆの》みに口をつける。

本心からだったのに、と思わず返しそうになり、あさひはそう思った自分にうろたえる。

「ただし、もうあんな無茶な飲みかたはするな。自分を痛めつける前に、俺を呼べ」

あさひの動揺には気づかない様子で、凌士が続ける。

なんの飾りもないストレートな誘いに、どきっと肩が跳ねた。

「……っ、そんな、統括を付き合わせるなんて恐れ多いです。でも、お気遣いありがとうございます。やけ酒どころか、しばらくは禁酒します」

「それがいいな」

くつろいだ気分で店をあとにすると、昼間の陽気はどこへやら、外はぐっと冷えこんでいた。凌士は会社に戻るというので、駅で別れることになった。

視線を斜めに上げた先に、凌士の形のよい耳が見える。なんとなくどきりとして、あさひは目を逸らした。

薄手のコートの前をかき合わせ、凌士について歩く。沈黙が心地よかった。なぜだか、このまま別れるのが名残惜しく感じる。

けれど、駅に着くのはあっというまだった。あさひは改札の手前で足を止め、背筋を伸ばして深くお辞儀をする。

「ありがとうございました。二度もご馳走になって……あらためて、なにかお礼をさせてください。ぜひ」

「付き合わせたのは俺だが。……なら、ドライブに付き合ってくれ。週末は空いてるか？」

奢られてばかりでは心苦しいという気持ちを、さらりと汲《く》んでくれる。さすが、あさひより七歳も上の大人だ。

（でも、ドライブって……？）

思いもよらない申し出を理解するのに、わずかに時間がかかった。

「土日とも空いてますが……ドライブなんかでいいんですか？」

「それがいいと言っている」

短くも、ためらいのない強い言葉。あさひは短く息を吸いこんだ。

頬に熱が上る。普段は意識しない鼓動の音が、妙に大きく聞こえる。凌士にまで聞こえやしないかと気が気でない。

（統括とふたりでドライブなんて……！　まさかそんなことになるなんて）

凌士なりの部下に対する優しさなのだろう。お礼にしては、あさひの負担が軽すぎる。負担どころか、むしろ……。

（楽しみ、なんて）

「無理にとは言わないが」

「いえ！　ぜひ同行させてください」

慌てて言うと、凌士が普段は鋭い目を優しく細める。胸がきゅうっと鳴った。

（ほんとうに、いいの……？）

戸惑いはあっても、嫌なんかじゃない。その証拠に、鼓動が速まっていく。

凌士とプライベートの連絡先を交換するのも、ちっとも嫌じゃなかった。

「土曜日、迎えに行く。気をつけて帰れ」

凌士がさらに目元をやわらかくする。胸がいっそう甘く高鳴った。


悩みに悩んで決めた服を着てメイクを終えてからも、あさひはぐずぐずと鏡の前で悩み続けていた。

上司の前で失礼にならないラフさの加減が難しい。かつ、できることなら、女性らしく見えるようにしたい。

（って、そんなことより、やっぱりわたしが統括の家まで行くほうがよかったんじゃ……）

上司に迎えに来させるのは、どうにも恐縮してしまう。

あれこれ思い悩んでいると、インターホンが鳴った。あさひは思わず「ひっ」と妙な声をあげてしまった。

おそるおそるインターホンに出ると、マンションのエントランスに立つ凌士がモニターに映し出される。

「おはよう。用意はできているか？」

「はい！　すぐ行きます」

あさひはそそくさとハンドバッグを手にし、うなじの上でまとめた髪が崩れていないか確認してから部屋を出た。

心持ち早足でマンションのエントランスを出る。来客用の駐車スペースへ停めた車に、凌士がもたれかかっていた。

「おはようございます。お待たせしました」

「すぐに来たじゃないか」

「統括を待たせるなんて、一分でも怖いです」

「そんなに恐れられると、まるで俺が会社で恐怖政治を敷いているようだな。まあ今日は緊張するな、休日だ」

くくっ、と笑った凌士は、今日はカットソーとデニムのコーディネートに、上質そうなカーディガンを羽織っている。足元はドライビングシューズ。ラフながら洗練されているのは、凌士自身に品があるからだろう。

とはいえ日ごろスーツ姿しか見る機会がないので、親しみやすく見えていい。

そんなことをぼんやり考えていると、凌士の視線を感じた。

「今日はいつもと印象が違うな」

「そうですか？」

あさひは細身のデニムに、ざっくりしたロングニットという自分の格好を見おろす。はからずも、凌士と格好が似てしまったかもしれない。

「ああ、新鮮でいい」

真顔で言われたので、あさひは一瞬返す言葉を失った。

たったひと言なのに、かあっと頬が熱くなる。

「……えっと、ありがとうございます。動きやすさ重視で考えたので、運転を替わってほしいときはいつでもおっしゃってください」

「そんな心配は無用だ。これは業務じゃない。碓井はただ、遠出するための足として俺を使っていると思えばいい」

凌士がさらりと言って笑う。気負いのない口調に、緊張が解ける。

「統括を足にするだなんて、職場で恨みを買いそうです。でも、ありがとうございます。気が楽になりました」

さっそく車に乗りこむ。凌士の車は、自社のＳＵＶでも最高級ラインのものだ。流線型のフォルムが美しいロイヤルブルーのボディは磨き上げてあり、ていねいに扱われているのがわかる。

内装はシックで広々としており、助手席に座ると包みこまれるような感覚に陥った。凌士の持つ大人の包容力にも通じると考えかけ、知らず顔が熱くなる。

車は凌士のたしかなハンドルさばきで、滑るように走りだした。

「今日はどちらに行かれるんですか？　教えてくださらなかったので、すごく考えたんですよ」

「どこだと思う」

今日の凌士は機嫌がよさそうだ。車の運転が好きなのだろう。

「うーん、海ですか？」

「なら、次はそうするか」

涼しげな顔で言う。あさひはこっそり息をのんだ。

（次……って、どういう意味？　またふたりで出かけるってこと？）

あさひはたまらず凌士から目を逸らす。脈が速まり、両手をぎゅっと握り合わせる。

（誘われてる……？　ううん、そんなわけないよね。きっと深い意味なんてなくて、

わたしが意識しすぎなだけ……！　そうよ、そう）

自意識過剰な自分に呆れると、ようやく脈が落ち着いていく。

あさひは息を吐き、なんでもない風を装った。

「……じゃあ、山ですか？」

「近いな。景色のいい場所に行こう」

高速道路を経由して二時間弱。あさひの疑問は、山道にさしかかったときに氷解した。

見事な紅葉で有名な坂だ。カーブの多い坂道が続くが、走りながら紅葉が楽しめるという。

シーズン真っ只中の休日でもあり、すでにたくさんの車が行き交っている。

テレビなどで目にしたことはあっても、実際に来たのは初めてだった。

「統括が、紅葉狩りを楽しまれるなんて」

「俺をなんだと思っているんだ？　プライベートでも〝鋼鉄〟なわけではないぞ」

そう言いつつ、怒った様子はない。むしろ楽しそうだ。

「それから、統括という呼びかたはやめてくれ。休息にならない」

「じゃあ、如月さん？」

「それは社名だろう。それこそ仕事を思い出す。名前で呼べ」

「えっ」

あさひは当惑に口ごもった。

（上司を名前で呼ぶ？　そんなの、なんか……）

凌士が言ったように、今はプライベート。それはわかっている。

だけど、雲の上の存在を名前で呼ぶなんて、意識すると喉元が熱くなってくる。

どうして、凌士の前だとささいなことでこんなにも心臓が反応してしまうのか。それも、甘やかなほうに。

「俺の名前はわかるか？」

「わ、わかります！　あの、ちょっとだけ待ってください」

あさひは気恥ずかしさを抱きつつも、思いきって口を開いた。

「……凌士さん？」

「…………」

反応がない。

（やっぱり失礼だったかな）

あさひは顔色を変えて助手席から身を乗り出した。

「すみません。部下に名前で呼ばれるなんて、やっぱり生意気に聞こえましたよね」

「いや、続けろ。もう一度、言ってくれ」

思いのほか強く言われたので、あさひは緊張しながら繰り返す。

「凌士さん……」

(どうしよう、心臓がうるさくて困る……！)

びくびくしながら凌士の横顔をうかがう。凌士がふと、口の端を上げた。

「……いいな」

「はい？」

「それで頼む。仕事が頭から飛んだ」

「そ、それはよかったです……！　でも、あとで叱責なさらないでくださいね……」

「俺こそ、パワハラだと訴えられたら首が飛ぶ。年々、社内統制が厳しくなっているからな」

「訴えませんよ！　むしろ、統括に――」

「凌士だ。――あさひ」

言いかけた言葉が声にならないまま、あさひは目を見開いた。

たちまち頬に熱が上り、心臓が予想もしない暴れかたを始める。

(名前で呼ばれたくらいで？　うそ……)

景にだって、プライベートでは名前で呼ばれていた。けれど、なにかが違う。

自分とは世界が違う相手に、距離をつめられた気がしたからだろうか。でもそれだけじゃないようにも思う。

(名前、呼ぶ声が……甘かった、ような……)

そこまで考えたとたん、あさひは勢いよくうつむいた。なにを馬鹿なことを考えているのだろう。

「やり直しだ、あさひ。凌士と呼べ」

「りょ、凌士さん……っ、わたしは名前で呼ばれたら、平静を保てないです……！」

あさひはうつむいた顔をさらに両手で覆う。頬が熱くなったところなんて、上司には見られたくない。

忍び笑いが耳に届く。指の隙間からうかがうと、凌士は愉快でたまらないといった顔でハンドルを握っている。

「凌士さん、わたしのことは碓井に戻してください……」

「いい名前だな。俺も名前で呼びたい。そのほうが、あさひも仕事から離れられるんじゃないか？　俺を上司だと意識しなくて済む」

「そうかもしれませんけど、これは別の意味で困るというか……軟弱ですみません」

言ってから自分の言葉にまた赤面してしまう。いたたまれない。

凌士の前では、変なところばかり見せている気がする。どうしてこんなにも、感情が剥き出しになってしまうんだろう。

きっと、凌士の言葉がひたすら心地よく耳から胸にまで染みこんでくるせい。

「へえ、それはいいことを聞いた。カーブのたびに呼ぶか」

「そんな」

「あさひはよけいなことを考えずに、素直に聞いてろ。それより見てみろ、紅葉が盛りだ」

凌士は、あさひの名前を呼ぶのに慣れたらしい。あさひをからかう顔には、余裕と適度に力を抜いた様子がうかがえて、胸が高鳴ってしまった。

上り坂の両脇に広がる紅葉は見事だった。すっきりと晴れ渡った空に、赤や黄に染まった葉が映える。

山道はあさひらと同様に紅葉狩りを楽しむ車で渋滞気味だったが、それすら気にならずに、あさひは景色を堪能しながら凌士と会話を弾ませた。

出発前こそ気づまりにならないかと心配したけれど、杞憂《きゆう》だったようだ。

坂を上ってからは混雑する景勝地を避け、あさひたちは早々に昼食をとることにした。

爽やかな青空にはからりとした風が吹き抜け、あさひは深く息を吸いこむ。凌士も気持ちよさそうに目を細めた。

こだわりの食材を使っているという蕎麦《そば》屋が目に留まり、凌士と暖簾をくぐる。あさひたちは、窓際の座敷席に向かい合った。

ひとつ向こうの座敷席では、就学前の男の子を連れた若い家族が紅葉の感想を言い合いながら蕎麦をすすっている。

男の子の舌足らずな、はしゃいだ声が耳に届く。眉をひそめる客も目に入ったが、凌士は男の子に優しいまなざしを向けていた。その姿に、あさひの胸まであたたかくなる。

頼んだ蕎麦が運ばれてくるころには、凌士はすっかり〝あさひ〟呼びを定着させていた。

「たくさんの女性を籠絡《ろうらく》してきたんじゃないですか？　すっごくモテそうですよね」

あさひもまた緊張が取れ、職場では決して訊《き》けない質問をする。

「俺をいいと言ってくれる女性もいたのはたしかだが、続いたためしがなくてな」

過剰に謙遜しない態度は好感が持てるし、相手を下げない言い方も凌士の器の大きさを感じさせるものの、あさひは首をかしげる。

「どうしてですか？」

「仕事が優先だったからな。ただでさえ、創業者一族だから辛《から》めに採点される。よそ見をする余裕はどこにもなかった。それに……」

「それに？」

「いや、なんでもない」

凌士はあさひを見つめていた目を伏せ、蕎麦をすする。あさひも凌士にならって蕎麦に口をつけた。

香ばしくも爽やかな風味が、喉を抜ける。蕎麦がこれほど風味豊かなものだとは。初めて知った思いであさひは目を丸くした。

「美味っしい……！」

驚くあさひに、凌士が満足そうにざるを一枚追加する。

「そんなに食べられませんよ……？」

「食べられる分だけ取れ。あとは俺が食う」

「じゃあ、遠慮なく。……いただきます」

あさひは自分の分を腹に納めると、追加のざるにも手を出した。半分弱ほど取って、凌士に渡す。

凌士もいい食べっぷりだ。凌士と食べる料理は、どれも美味しく感じる。

もちろん、凌士がいい店を知っているからでもあるのだろう。けれど、それが押しつけがましくないから、自然で居心地がよくて、するすると食べてしまう。

あさひはふと、自分もほかの人間同様、凌士を勝手に高みに置いて見ていたのを反省した。

「すみません、わたしも凌士さんを御曹司のフィルター越しに見ていました」

「それがふつうだろう。切り離せるものでもないからな」

凌士はなんでもなさそうに答える。でも、きっとそう思えるようになるまで簡単ではなかったのではないか。

「でも、切り離したいときもありますよね？　今日も、苗字で呼ばれたくないとおっしゃって。だから、凌士さんが御曹司をやるのに疲れたときは、わたしを呼んでください」

凌士がつかのま驚きをあらわにし、あさひはにわかに焦った。

そんなに変な発言をしたつもりはなかったのだけれど。

「ほら、先日わたしに俺を呼べって言ってくださったじゃないですか。だからそのお返しといいますか」

「そうだな。疲れてなくても、呼ぶか」

凌士が、蕎麦ちょこを片手に相好を崩す。

どきっと肩が跳ねたとき、隣の席で男の子がひときわ高い歓声をあげた。

思わずそちらに目をやると、男の子が白地に青色の線が入った飛行機の模型を振り回して遊んでいる。

「そういや昔の夢は、航空機のパイロットだったな」

あさひと同様に男の子を見やった凌士が、目を細める。

「意外です」

「すぐに親に止められた。どう足掻《あが》いてもその道には進めないと知らされて、早々に諦めたな。まあ、子どもの他愛ない夢だ」

御曹司には御曹司なりの悩みがあるのだ。凌士の不自由さを思い、あさひは先に食べ終えた凌士のために、ゆで汁を蕎麦ちょこに注いで渡す。

あさひの感情を読み取ったのか、凌士は苦笑しながら受け取ったそば湯に口をつけた。

「敷かれたレールの通りに入社して、最初に配属されたのは技術開発本部だった。息子が相手でも容赦がないと思ったものだ。なにせ車の心臓部、エンジン開発だからな。だが、やってみたら、これが奥が深い。すぐに夢中になった」

凌士が当時を懐かしむように、窓の外へ視線を向ける。

「どんな仕事でも、やってみればどこかしら面白味《おもしろみ》がある。やれば結果もついてくる。周囲に潰されずにやれたのはそのおかげだ。それでも、常に如月の後継者という立場がついて回る以上、立場に見合う実力を一刻も早くつけてやろうと、がむしゃらだった」

「立場に見合う実力……ですか。実力で立場をつかむのではなく？」

腹落ちしないあさひを見返し、凌士は食べろと促す。あさひは、いつのまにか止まっていた箸をふたたび動かした。

「俺の場合はどうしても立場が先に立つからな。こればかりはしようがない。今思えば、見返してやりたいという動機が若かったが……器が中身を作ることもある」

あさひが食い入るように見つめるのに気づくと、凌士は苦笑した。

「話半分に聞け。社外で説教する気はない」

うか。

「とんでもない。目からうろこでした」

実力がないと嘆くより、これからチーフという器に見合う中身を作ればいいのだろうか。

「わたしも器に見合う中身を作ります。なるべく早く」

「焦るな。あさひはまだ若い」

「でも」

背負うものはまったく違う。けれど、次期社長という大きすぎる器に見合うべく努力してきた姿勢が眩しい。

能力そのものだけでなく、その考えかたにも憧れる。

一方で、負けず嫌いな一面や、少年時の無邪気な夢はごくふつうのひとと変わらず親近感が湧く。

むしろ、内面を知れば知るほどもっと知りたくなる。

「まあ、自分に満足がいくよう全力を尽くせ。見ててやる。それに器を満たせるだけの土台は、あると思うぞ」

「……はい！」

「気負うな。いつでも頼ればいい」

食べ終えたあさひの蕎麦ちょこに、凌士がゆで汁を注ぐ。

お礼を言って口に運んだそば湯は、とびきり優しい味がした。

「プライベートで奢られたのは、初めての経験だな」

「光栄です。毎回、奢られてばかりではわたしの身がもちませんから」

あさひは朗らかに返す。

マンションはすぐそこだ。ドライブを満喫したあさひたちが戻るころには、すっかり日が暮れていた。日の沈む速さに、冬の気配を感じる。

蕎麦屋ではあさひが会計をした。そうしないと気が済まない、と意気ごむあさひに、凌士は苦笑して引き下がってくれた。

しかしそれもつかのま、夕食はまたご馳走になってしまったのだけれど。

「そういうものか」

「そういうものです。また奢らせてしまうと思ったら、もし次に会おうと思っても声をかけづらくなるものじゃないでしょうか？」

「それは困るな。俺は次も声をかける気でいるんだが」

一般的な意見を言ったつもりが、思わぬ返答に肩が跳ねた。

（わたしに……？）

車がマンションの前に着いても、あさひは凌士を見つめたまま動けなかった。無意識に、シートベルトをぎゅっと握りしめる。

その目の奥の感情を探ろうとするけれど、からかったり冗談を言った様子はどこにも見つからない。

「降りないのか？　降りないなら家に連れて帰るが」

「はい⁉　待って、あの、凌士さん、降りますから」

今度は冗談だとわかる。あさひがあたふたと車を降りると、凌士も笑いながら降りてきた。車の中からではなく、わざわざ外で見送ってくれるらしい。

部下に対して破格の扱いではないかという困惑を、あさひは心の底のほうに押しこめた。

「ありがとうございました。お礼のはずが、わたしのほうがたくさん楽しませてもらいました」

「気晴らしになったようだな。連れ出したかいがあった」

凌士が満足げに笑う。

あさひの胸に、ほとんど確信めいた疑問が湧き上がった。

「もしかして、今日のドライブは……わたしのためでしたか？」

凌士は口元を軽く上げる。

その動きだけで、肯定されたのがわかった。

失恋して弱音を吐いたあさひのために、凌士は貴重な休みの日に時間を作って連れ出してくれたのだ。

（どうして、直属の部下でもないのにそんなに優しくしてくださるんですか……？）

困惑が目に映ってしまったのだろう、凌士が続けた。

「よけいな世話だったか」

「とんでもない！　あの、少しだけここで待っててください！　すぐ戻りますから」

あさひは走って駐車場を出ると、すぐ脇の自販機で缶コーヒーを買った。急いで戻り、凌士に渡す。

「これ、よければ帰りのお供にどうぞ。運転、お疲れでしょう。今夜はゆっくりお休みになってくださいね」

凌士は礼を言って受け取り、目元をゆるめた。今日は何度も見た、普段の険しさからは想像もつかない甘い表情。

――まただ。

あさひはわけもなくうろたえ、視線をさまよわせる。

「次はどこがいいか、考えておけ。言っておくが、業務命令じゃない。俺がそうしたい」

（……でもどうして、わたしなんかを？）

考えて、あさひははっと昼食時の話を思い出した。

御曹司をやるのに疲れたら……という。

（そっか、そういうことだよね。ほかに誘われる理由なんてないもの。今日のドライブが、凌士さんにとっても息抜きになったなら……）

凌士がいっときでも立場を忘れられるように、手伝えることがあるかもしれない。

「わ……わかりました、考えておきますね」

「ああ。連絡待ってる」

凌士は満足そうに缶を掲げて軽く振ると、車に戻っていく。

（冷徹で強引なはずなのに……どうしてそんな、嬉しそうな顔なんか）

その背中を見つめながらも、あさひの胸には困惑がこびりついてざわついたままだった。

# 三章　あなたにからめ取られていく

友人の絵美《えみ》とよく利用する中華ダイニングは、カジュアルな雰囲気もさることながら、料理自体も絶品だ。加えて金曜の夜ということもあって今日も店は満席で、香ばしい油の匂いがあちらこちらに漂う。

しかし久しぶりに会った絵美は、あさひが景と別れたと話すと、お気に入りのエビチリもそっちのけでボブヘアの髪を振り乱した。

「そんなの別れて正解だっての！　二股なんて、クズよクズ。優男っていうか、ただの優柔不断じゃない。サイッテー！」

あさひは慌てて「しーっ」と唇に指を当てる。

周りを気にして見回したけれど、ほかの客もそれぞれに話に興じており、誰もあさひたちの大声に気づいた風はない。

絵美はまだ憤慨していたが、あさひはほっとして、野菜炒めのパプリカを箸でつまみ上げる。

野菜炒めはジューシーな食感を生かして豪快にカットされた野菜がごろごろと入っ

ており、甘辛いタレともよく絡んでいくらでも食べられる。ビールにも合いそうだ、と思っているうちに、絵美はあっというまにジョッキを空にした。すぐにウーロンハイを頼む。

「それでその後、ふたりとは？」

「部署が違うから、そんなにふたりを見る機会はないよ。でも、目に入っちゃうとまだ……キツいかな」

もしもあのまま購買部で、景と結麻のイチャイチャを見せられていたらと思うと、ぞっとする。

結麻は景との付き合いを職場でも公言しているらしく、そのことも考えだすともやもやした。

「それは、目に入るたびに呪っておきなよね。女のほうにも、電車の改札を通ろうとするたびにエラーが出て会社に遅刻する呪いをかけるといいわよ」

絵美がローファーのつま先でフロアの床をカツカツと叩き、息巻きながらタートルネックニットの袖を肘までまくり上げる。そうすると、絵美の持つマニッシュな印象が際立つ。

絵美は、如月モビリティーズの正規販売特約店、いわゆるディーラーである如月セールスに勤めている。

あさひたち本体――グループの筆頭企業である如月モビリティーズのことを、グループ会社の人間はそう呼ぶ――の新入社員は、入社後にまず三ヶ月間のディーラー研修が義務づけられている。

絵美はあさひが研修配属された店舗に、如月セールスの新入社員として入社していたのだった。

裏表がなくさっぱりした性格の絵美と、人当たりのやわらかなあさひは、ふしぎとうまが合った。そのため研修期間が終了し、あさひがグループ本体に戻ってからも親交が続いている。

今では、血の気の多い絵美をあさひがなだめ、言いたいことを飲みこみがちなあさひの代わりに絵美が怒る、という構図ができあがっている。

「でもあさひ、思ったより傷は浅かった感じ？　意外と落ち着いてるよね。もっとどん底かと思った」

「んー……実はね」

あさひは微妙に絵美から目を逸らしながら、凌士とのことを口にした。

案の定、景との別れを告げたときよりも絵美の表情は驚愕《きょうがく》に染まる。

「如月さんって、あの如月さん⁉　次期社長の⁉」

絵美の声が裏返り、あさひはさっきより鋭く「しっ」と口元に指を当てる。やっぱり個室にしておけばよかったかもしれない。

「……そう、その如月統括部長。わたしが落ちこんでたから、すごく……気遣ってくださって」

思い返して熱くなった頬をごまかすように、あさひは目を落として油淋鶏《ユーリンチー》をパクつきながら話す。

バーで会ったとき、職場でも落ちこんでいたと気づかれたこと。話を聞いてもらって、あまつさえ彼の前で泣きじゃくってしまったこと。

お礼をするつもりのドライブが、実はあさひのためだったこと。

「統括は、気休めにもならない慰めの代わりに、わたしが部屋にひとりでいなくて済むように連れ出してくださって。ほんとうに……統括のおかげなの」

「うわ、意外」

「う、やっぱり軽かったかな、わたし。景……野々上課長と別れてまだそんなに経ってないのに」

大皿から油淋鶏を口に運んだ絵美が、浮かない顔をしたあさひに大げさな仕草で首を横に振る。

「違う違う、意外なのはあさひじゃなくて如月さんが、ね。女性にも冷めてるって聞いてたから、そんな風に心を配るんだなーって。あさひは軽くないよ。ていうか、相手がクズだったんだし、あさひだって軽くてもいいじゃん。如月さんにぐらつけばいいよ」

「そんな、ぐらついてるわけじゃ」

慌てて否定するが、絵美はやけに嬉しそうだ。

「あさひは弱音を吐くのが苦手だもん。野々上さんには吐き出せなかったでしょ。だから、吐き出させてくれる包容力のある男はいいと思うよ？　ま、次期社長とは思わなかったけどさ。そういえばアメリカのシステム会社との業務提携の件、あれ如月さんでしょ？　ニュース見たわよ」

あさひは先日職場で耳にした話を思い出した。手嶋が凌士の辣腕に手厳しいコメントをしていた、異例のスピードでの業務提携契約である。

「でも、なんで統括の成果だって知ってるの？　個人名までは出ないでしょ？」

「そりゃあグループの筆頭企業、本体様の動向は注目の的よ。如月さんはその次期社長なんだから、もちろん顔も経歴も知ってる。イケメンだし」

「絵美が知ってるのは、それが理由じゃない？」

自他ともに認める面食いの絵美は、悪びれた風もなく「まあね」とうなずく。

「あれ、ぜったい前々から目をつけてたよね。でなきゃいくら猛攻したところで、あのスピードで業務提携なんか、まとめらんないって」

「……そうかも」

「狙いすまして、手に入れると決めたら猛攻撃。なんていうか、猛禽《もうきん》類？　鋼鉄の猛禽だね」

あさひは絵美と顔を見合わせて噴き出した。

「あさひが完オチするのも時間の問題だったりして」

「まさか。部下として気にかけてくれてるだけだって。わたしは統括の息抜きのアテンド役」

「それにしては、めちゃくちゃ構われてるって」

ぐっと喉がつまると、絵美がその反応に食いついた。エビチリも野菜炒めも、いつのまにか手つかずだ。

「おっと、その顔はなんだか怪しいなあ。早く次のデートをして、如月さんを捕まえなきゃじゃん！」

「デートじゃないってば」

「てことは、会う約束はしてるんだ？」

「っ……、でもまだ具体的には決まってないから」

あさひは、すっかり冷めてしまった麻婆豆腐《マーボーどうふ》をもそもそと口に運ぶ。察しのいい絵美が鼻白んだ。

「さては、誘われたのにまだ連絡してないとかそんなところでしょ。なんで？」

「……ねえ、絵美。怖いって思うのは……変なのかな」

凌士自身が怖いのとは違う。彼と過ごして、思いのほか楽しかったのはたしかだ。けれど、楽しかった分だけ戸惑いが消せない。

凌士が御曹司だから、気が引ける部分ももちろんある。

でもそれだけじゃなくて、彼の仕事への姿勢や考えかたに触れて、上司としてますます尊敬した。自分もそうありたいと思うほどに。

だからこそ……尊敬するからこそだと思う。

（そんなひとがわたしに構う理由が、わからない）

次の誘いを受けたときこそ凌士のためになるかもと了承したものの、週が明けて上司としての彼を見たら、正気にならざるを得なくて。

そのまま、連絡しそびれてしまった。

「彼氏に裏切られたら、臆病にもなるって！　ほんと野々上のやつ、あさひになんてことしてくれんのよ……！」

「絵美、音量落として」

「はっ、つい熱くなったわ」

「ありがと、絵美」

「ううん。でもぶっちゃけ、如月さんにはいちばんみっともないところを見せちゃったんでしょ？　それでも幻滅せずに誘ってくれたんだから、思いきって飛びこんでみてもいいと思うよ。ってか如月さんって、たしか前にどこかで……」

「なに？」

「ううん、別にー」

絵美がぬるくなったウーロンハイを一気に飲み干す。気を取り直すように、冷めた料理に猛然と口をつけ始めた。

「とにかく、一度ＯＫしたのに連絡しないのは命令違反になるわよ」

「うっ……だよね」

「そそ、業務なんだから考えるだけ無駄。さっさと連絡しなさい」

「そうする」

絵美の言う通り業務だと思えば、意外と簡単な気がする。凌士は業務命令ではないと言ったけれど、プライベートのほうがよほどハードルが高い。

絵美が仕切り直しだと言わんばかりに、ウーロンハイのグラスを呷る。

「よし、今日もやっぱりとことん飲む⁉　その勢いで連絡しちゃえばいいのよ」

「ダメ、今日は飲まないから！　しばらくは禁酒！」

あさひは指先でバツを作りつつ、明日こそ凌士に連絡しようと決意した。


翌日の定時三十分前。朝から機会をうかがっていたあさひは、外出するらしい凌士を追いかけてエレベーターに駆けこんだ。

連絡しないまま日が経ってしまったので、せめて直接伝えようと思ったのだ。

ところが、勢いのままエレベーターに乗ったあさひは、ふたりきりだと気づくなりうろたえた。

（こ、心の準備が……！）

心臓が騒ぐ。これ以上ないチャンスだというのに。

「お……お疲れさまです。ご出張ですか？」

「ああ。京都《きょうと》に泊まりだ」

見れば、凌士はビジネスバッグのほかに、着替えのスーツを入れたガーメントケースを手にしている。

社長令息といえどもほかの社員と変わらないのだと、あさひは妙に感心してしまった。と同時に、仕事の邪魔になるかと話を切り出すのを思い直したとき、凌士と目が合った。

「次の場所は決めたか？」

あさひはどきりとしつつ絵美の言葉を思い出し、思いきって打ち明けた。

「すみません、実はまだです。どう伝えればいいか……迷っていました」

「断りかたを考えていたか」

凌士が眉をひそめる。ふたりのほかに乗りこむ者もいないまま、上部に表示される階数はどんどん一階に近付く。あさひは焦った。

「断ろうだなんて考えもしてませんでした。ただ、勇気がなくて……」

「わからんな。職場で会うだけでは物足りないから、誘った。それだけだが」

「そんな風におっしゃるなんて、統括は人たらしです……！　鋼鉄の男だなんて、ぜんぜん嘘」

「碓井は、俺にたらされたか？」

真っ正面から探るように目を見つめられて、あさひはたまらず目を逸らした。

（こんなの、冗談なのに……！）

胸が跳ねるだなんて、どうかしている。

凌士は上司。本気にしてはいけない。

「そういう発言は女性を期待させますから、気をつけられたほうがいいですよ」

「一般論はいい。碓井は？　期待したか？」

また真剣な顔。

あさひは返答を探しあぐね、エレベーターの階数ボタンを意味もなく数える。

でも、凌士の視線が追ってくる。

（わたしが、期待？　統括……凌士さんに？　なに、を）

自分の心を探る。

景と別れたばかりなのに、そんなわけないと否定する。

「わたしはもう、色恋になんて足を踏み入れたくないんです……」

「質問と答えが違う。あさひは俺に期待するかと訊いている。俺とあさひの話だ」

「今、名前呼びなんて、ずるいです……」

鼓動が甘い音を立ててしまう。

(ずるい、これじゃ逃げられない……)

期待どころか、凌士をそんな風に見たこともない。そうさらっと答えて逃げてしまおうと頭では考えるのに、言葉にならない。

気づけば内心とは別の答えが口をついていた。

「……わかりません」

「どっちがずるいんだ? いや、追いつめた俺が悪いか。今のは忘れていい」

そのとき、ポン、とロビーフロアに着いたのを示す音が鳴った。

どきりとして目を逸らすのと同時に、ドアが開く。

定時直後はエレベーターもロビーフロアもひとであふれ返るが、今は定時前だからか誰もおらず、乗りこむ者も見当たらない。

あさひは胸を撫で下ろした。

「碓井」

凌士が続きを言いかけたが、結局「行ってくる」とだけ口にしてエレベーターを降りる。

あさひはその背に「あの」とたまらず声をかけた。

「統……凌士さんのいらっしゃらない職場は味気ないといいますか……寂しい、です。お気をつけて。あまり根をつめすぎないでくださいね」

開ボタンを押したまま、ぎこちなく微笑んでもう一方の手を振る。

ところが、なぜか凌士は引き返してきた。

「忘れ物ですか？　統括――」

言い終わる前に、凌士が後ろ手で閉ボタンを押す。

目の前に影が差して、近すぎる距離に目をみはったときには。

（え⁉　な……なに？）

顎をすくわれ、唇を塞がれていた。

真っ白に染まった意識に、やわらかな感触が刻みつけられていく。頭が痺《しび》れる。

あたたかなぬくもり。わずかに甘い。

優しくも強引な、キス。

心臓が今にも破裂しそうに、派手な音を叩き始める。

（なんで凌士さんとキス……⁉）

背筋がぞくりと震え、膝から力が抜けそうになる。

数秒にも満たないキスが終わる。幻かのように、凌士の唇が離れる。

「あさひは俺にもっと期待しろ。俺はあさひを、俺のものにしたいと思っている」

唇についた口紅を手の甲で拭《ぬぐ》い、凌士は最後に口紅の落ちたあさひに素早く二度目のキスをして、エレベーターを降りた。

「なに、今の……っ」

頭が混乱して、ぐちゃぐちゃだ。

（ほんと、なに……⁉）

心がかき乱されて、収拾がつかない。

ただ頬も首筋も耳も、火がつきそうに火照《ほて》っていく。

ひとりになったエレベーターの中で、あさひは呆然としたまま、ずるずると壁にもたれた。

＊

生真面目で慎重すぎるきらいがあり、てきぱきと物事をこなすタイプではない。

しかし仕事はていねいで正確。

『――そしてこれがもっとも大事ですが、碓井は仕事相手を不快にさせることがありませんね』

以上が、碓井あさひの異動に際し、凌士が企画部長から受けた彼女の評だ。

それが事実であることは、この二ヶ月ほどで凌士もよく知るところとなった。

企画部長が凌士に提出する資料は複数のチーフの手によるものだが、あさひが作成したものはひと目でわかる。ていねいに作りこまれ、要点が整理されてわかりやすいのだ。

年上の部下への指示に躊躇《ちゅうちょ》する様子はうかがえるが、相手のプライドを傷つけない配慮もできている。

ぐいぐいと周りを引っ張る性格ではないが、チーフとしてよくやっていると思う。

(たった数年で、成長したな)

京都での仕事を終えた凌士は、宿泊予定の旅館へと向かうタクシーの中で昔を振り返って笑みをこぼした。

窓の外を見やれば、寺社仏閣の夜間拝観とライトアップの案内板が目に入った。案内板には紅葉の写真が掲載されている。

凌士の頭に、紅葉狩りでのあさひの楽しそうな姿が浮かんだ。

同時に、そんな彼女を雑に扱い、酒に溺れさせるほどぼろぼろにした男の存在を思うと、何度でもはらわたが煮えくり返る。

しかも彼女から仕事に対する自信まで奪うとは、いったいなにがあったのか。

(あんな顔は俺がさせない)

あの日、泣き顔を見せられた瞬間、凌士はあさひを手に入れると決めた。

とはいえ、あさひにとって凌士は接点のほとんどなかった上司だ。やりすぎては、パワハラだと思われる恐れもある。

部屋に泊めた翌日に青ざめた彼女を見て後悔したときから、凌士にしては抑え気味に、様子を探りながら接してきたつもりだ。

だが——。

『……わかりません』

エレベーターでそう答えたあさひの、答えとは裏腹に熱を帯びた目を見た瞬間、自分でもどうかと思うほど心臓がつかまれた。

それでもかろうじてこらえたはずが、寂しいと言われたとたんに我慢が振り切れた。

軽く押し当てただけでふわりと形を変える、やわらかな唇。

無自覚だろうが、しだいに潤んでいった大きな目。

温度を上げる吐息。

（……抱きたくなるだろうが）

タクシーを降り、旅館で案内された部屋に到着する。凌士はスーツを脱ぐのももどかしく、スマホを取り出した。

夜の十一時だ。遅いかとも思ったが、エレベーターでの一件をあのままにしておきたくはない。

コール音を五回繰り返してから、あさひが出た。

「──今、宿に着いた。寝ていたか？」

《いえ、起きてました。統……凌士さん、出張お疲れさまでした。あの、電話……ありがとうございます。同行のかたもいらっしゃるのに》

心なしか緊張した声。

夕方の件を意識しているのは明らかだ。

「いや、今回はひとりだから気にしなくていい。それより、行きたい場所は決めたか？」

キスの件を持ち出してひと息に追いつめるよりは、あさひが返事のしやすそうな話題を振る。

《それは、はい。……凌士さんが楽しんでいただけそうなところ、思いつきました。

凌士さんはいつが空いてますか？》

「明日」

《えっ》

「明日、協力会社と販売店を回ったら、直帰する予定だ。夜、会えないか」

《でも、夜からだと行けないかも。行きたいところは、ガラス細工の工房なんです》

「それは別の日にしよう。今日は時間がなかったから、あさひの顔をじっくり見たい」

《なっ……凌士さんっ、なにをおっしゃるんですか……!?》

あさひの声が上ずる。スマホの画面の向こうであたふたする様子を想像して、凌士は笑った。

「あさひは可愛いだろうが。なおさら見たくなった」

《……からかってます？》

「いいや、今すぐ顔を見たいと思っている」

絶句したあさひが、ふと声を落とす。

先ほどまでと打って変わって、困惑のにじんだ口調だった。

《凌士さんは期待しろと……おっしゃいましたが、そんなの無理です。凌士さんならいくらでも素敵な女性を選べるのですから、わたしじゃなくても——》

　凌士はあさひの言葉を最後まで聞かずに遮った。逃げられそうな予感に、柄にもなく焦る。
「言っただろう。俺はこれまで仕事が優先で、ほかは二の次だったと。その俺が、自分でも呆れるほど今は余裕がない。なぜかわかるか？　うかうかしていたら、また別の男に取られるからだ。おかげで社内で次の約束を急かさずにはいられず、移動中もどうすれば俺の女になるのかと、そればかり考えている」
《また……って？》
「いや、それは言葉のあやだから気にしなくていい。とにかく、遊びと思われているなら心外だ。キスをしたのも、あさひだからだ。今も、声を聞くだけでは不満なんだが」
《どうして……そこまでおっしゃるんですか？》
　戸惑いを隠しきれないといった風に、あさひが尋ねる。
　凌士は間髪いれずに答えた。
「あさひが俺を惹きつけるからだろう」
《……………》
　返事がなく、さらに焦燥が募る。競合他社に技術開発で先行されたときでも、これほど焦ったことはない。

自分が今どんな顔であさひを口説こうとしているのか、考えるだにみっともなくて頭を抱えたくなる。

それでもあさひに引き下がられるのだけは避けたく、凌士は言い直した。

「飯でも、ドライブでも、心から楽しめた。子どものころ以来かもしれない。……それが理由じゃダメか。あさひの顔が見たい」

電話の向こうで、沈黙が落ちる。

「とにかく、電話じゃ埒《らち》が明かない。話がしたい」

《じゃあ……》

あさひがおずおずと切り出す。

凌士はわれ知らず、唾を飲みこんだ。追いつめすぎただろうか。柄にもなく必死な自分が愚かに思える。

《明日、駅まで迎えに行ってもいいですか?》

「もちろんだ。そうしてくれ」

凌士はほっと息をついた。声にも安堵《あんど》が乗ったのが、自分でもわかる。

あさひの言葉ひとつで振り回されていると、自覚せざるを得ない。

顔を見たら、もっと振り回されるのだろう。

それでも、あさひを手放す気はなかった。

＊

駅まで迎えに行くと言ったのは自分なのに、あさひはもう三十分も前から、改札の前で踏ん切りがつかずにいた。

（相手は、日本を代表する企業の社長の座が約束されたひとなのに。世界の違うひとなのに……本気にしていいの？）

あさひは唇にそっと触れる。とくりと鼓動が跳ねた。

昨夜の凌士の言葉が頭に浮かぶ。

（凌士さんは、甘い言葉を誰にでも言うひとじゃない……それは信じられる、けど）

仕事が優先で、そのほかは二の次。そう話す凌士の声に嘘はなかったと思う。

でも、それだけ仕事や会社が大事だからこそ、付き合うにもあさひより相応《ふさわ》しい相手がいるのではないか。

無防備に慕って、恋をしてしまったその先……また唐突に終止符を打たれたときに立ち直れなくなる自分が目に見えるようだ。

（かといって約束を反故《ほご》にするのも失礼だよね）

それにあさひ自身、会いたい気持ちを否定できないのも事実だった。

あのキスは、嫌じゃなかった。むしろ思い返すたびに体が痺れる。

落ち着かない心を映すように、何度もスマホを確認してはバッグにしまうのを繰り返したとき、名前を呼ばれた。

「あさひ」

はっと顔を上げると、疲れを見せない涼しげな顔が、あさひにだけわかる程度にくしゃりと崩れた。

「来たな。待たせた」

「……っ、おかえりなさい」

あれだけ悩んでいたのに、いざ凌士を目の前にしたら声が上ずる。

これでは待ちわびていたみたいだ。

あさひが羞恥に頬を染めると、凌士がふっと吐息を漏らした。

「抱きしめたくなった」

「はい⁉　ここ改札ですよ！　ひとがたくさん……」

「改札じゃなければいいか？　なら、早く離れよう」

「そういうわけじゃ……っ」

頬にますます熱が上っていく。

凌士が目元を甘くして、荷物を片手に持ち直した。

あさひは凌士の目を見ていられず、顔を逸らしてそそくさと歩き始める。と、だしぬけにその手を引かれた。

たった今あさひが立っていた場所を、酔っ払った男性ふたりが大声でしゃべりながら、足元もおぼつかなくふらふらと歩いていく。

「隣にいろ。危ない」

「はい。……ありがとうございます」

凌士があさひの荷物も取り上げると、手を引いて歩きだす。離してもらえる気配がない。

（手、繋《つな》がれてる……）

戸惑うのに、振りほどけない。鼓動がとくとくと、普段より速いリズムを刻む。

ごつごつとした手は秋の夜の空気をまとって、ひんやりしていた。あさひはぬくもりを分け与えるように、握る手にほんの少し力をこめる。

「京都はいかがでした？　紅葉は見られましたか？」

「いや、あいにくその時間はなかったな。あさひと紅葉狩りをしたのが、今年の唯一になりそうだ。来年に期待しよう。京都なら春もいいな」

言いながら、凌士が指を絡めてくる。

（ど、どうしたら……！）

深く手を繋がれ、あさひは動揺を押し殺す。

「さ……桜が綺麗なんでしょうね」

「有給を申請しとけ。合わせる」

一瞬、呼吸が止まりかけた。

「そんなこと、さらっと言わないでください」

「あさひと見れば、より綺麗に思えるのだろうな」

「〜〜〜っ」

あさひはたまらず、繋いでいないほうの手で顔を覆う。

「どうした」

「なんででしょう……凌士さんが平然としているせいで、自分がわからなくなります」

凌士が話を進めるほどに、困惑が膨らんでいく。

胸がざわめくのにも、どこかしら罪悪感めいたものが湧き上がる。

でもいちばん困るのは、あまりに凌士が平然と構えているので、困惑を覚えるほうがおかしいのかと思ってしまうことだ。

要するに、あさひは混乱していた。

「考えすぎるとろくなことにならないぞ。もっとシンプルに捉えろ。俺といるのは嫌か？」

「いえ……！」

あさひは即答した。考えるまでもない。

「なら、その感情のまま自然でいればいい。それより飯、食うか。どこがいい」

改札を出るために手が離れ、出てすぐにまた手を繋がれる。

ロータリーに停まっていたタクシーに乗りこんでからも、凌士の手は離れなかった。

行きつけの中華ダイニングに案内すると、陽気なＢＧＭと人々のざわめきが満たす広い店内を、凌士は物珍しそうに見回した。

「うるさかったですか？」

「いや、会食は個室ばかりだったから新鮮なだけだ。悪くない」

凌士はビールを、あさひはウーロン茶を頼んで乾杯する。

「ここ、友人とよく来るんです。友人は、セールスのほうに勤めてて、わたしが新人研修で配属された店舗で一緒になってからの仲で」

セールスと呼ぶだけで、凌士にはディーラーのことだと察しがついたようだ。

凌士なら、如月モビリティーズ本体の新入社員が皆、一定期間の新人研修をディーラーで受けることも承知しているだろう。

「研修時代は根拠のない自信がたっぷりあって、自分はもっとやれると思っていましたね。晴れて如月モビリティーズの一員になって、これからがんがん働くんだ、って」

「あさひはなぜうちを志望した？」

「父が、セールスに勤めていたんです。万年、平社員でしたけど。病気を患って早期退職したんですが、父は今でもことあるごとに如月の車の自慢をするんです。特に、現役時代の最後に売った一台は父にとって特別だったみたいで、何度聞かされたことか。でも……そんな風にいつまでも記憶に残るような一台を、わたしも届ける一員になれたらいいなと思ったんです」

あさひが車種を告げると、凌士が「ほう」と眉を動かした。

「俺が最初にエンジン開発を手がけた製品だな」

「すごい偶然！　父に話したら喜びます」

「俺もお父上と話してみたいな。我が社の製品を愛してくれた感謝を言いたい。あさひが夢を持ってうちに入社したことも、お父上に感謝しよう」

「ありがとうございます」

　夢を持って入社したが、新人研修で配属されたセールスの店舗は、父親の話に聞いていたものとは様子が違った。

　どうせ三ヶ月で本体に戻る〝お客様〟として、あさひたち新入社員はろくな教育も施されずに店舗の隅に放置されたのだ。

　セールスの新人である絵美には指導がつくのに、あさひたちは掃除くらいしか任せてもらえない。やる気を削がれ、鬱屈を溜《た》めたのはあさひだけではなかった。

　でも、絵美がいたから乗り切れた。

「わたしが今も如月で働けているのは、父と絵美……あ、セールスに勤めている友人のことですけど、彼女のおかげです。思えば、セールスの店長にもお世話になりました」

　研修期間中、あさひがセールスの店長と接する機会はほとんどなかった。

　けれど、あさひは大事なことを店長から教わった。かけられた言葉は、今も仕事に対する姿勢の中心にある。

入社時を懐かしんでいたあさひは、凌士の視線がじっと注がれているのに気づいて我に返った。

「わたしばかり話してましたね。お料理が冷めちゃいますよ、食べてください」

あさひは次々に料理を注文しては、凌士の前に置いた。

昼を食べ損ねたという凌士は黙々と、だが気持ちのよい食べっぷりで平らげていく。

凌士は店員を呼び止めると、おすすめを尋ねてそれも追加で注文する。凌士はこの店の料理が口に合ったようだ。

自分の好きなものを好きになってもらえるのは、単純に嬉しい。

いつしか、あさひも自分でびっくりするほど食べて笑っていた。

あっというまに料理を平らげ、何杯目かの空のジョッキを置いた凌士が、あさひのウーロン茶に目をやった。

「ほんとうに飲まなくてよかったのか?」

「気を抜くと、またみっともないところを見せてしまいそうですし」

「俺の前でなら一向に構わないが。まあそうだな、今夜は眠りこまれても困る」

空気が唐突に濃密になった気がして、あさひははっと凌士を凝視した。

「今夜は、俺の部屋に来い。まだあさひを離したくない」

凌士が、次期社長の正しい傲慢さでもって命令する。

ひたりと見つめる目が、欲をはらむ。

体じゅうの血が、温度を上げていく。

鼓動が騒いで、視線ひとつで心が乱れる。なのに、目を逸らすこともできない。

同意をためらうくせに、拒否しようとは微塵《みじん》も思わなかった。そんな自分が信じられない。

（わたし……凌士さんを……？）

目の奥がじわりと熱くなる。

「決まりだな」

行くか、と凌士があさひの手を取った。


コンビニに寄ってから、凌士の家に向かう。手は繋がれたまま。まるで、離せば逃げるとでも思っているかのようだった。

凌士の家は、泥酔して泊まったとき以来だ。

駅から徒歩八分という最高の立地にある、超高級マンションの四十階。

あのときは周りを見る余裕なんてなかったけれど、あさひは凌士についていて歩きながら視線をさまよわせた。

開放感のある広々とした大理石のロビーを通り抜ければ、コンシェルジュから恭《うやうや》しい態度で挨拶を受ける。さらには、荷物はホテルさながらポーターが運ぶという、至れり尽くせりのサービス。

あさひの知る一般社員の暮らしとはかけ離れていて、落ち着かない。

南東角の見晴らしのよい部屋に着いたときには、まるで世界に来た気分だった。

リビングに足を踏み入れたあさひは、とうとうその場で立ち尽くした。

「突っ立ってないで入れ」

「はい……」

返事をしつつも、足が動かない。目が眩《くら》む。

リビングは、あさひの１ＤＫの部屋がすっぽり入ってもあまりあった。

右手中央には、ゆったりとしたＬ字型のソファと、個性的な形だがセンスのよいリビングテーブル。それとは別に、窓辺にもひとり掛けチェアが置かれている。体全体を包みこむ特徴的な形から、有名なデザイナーズものだと知れる。

どの家具も存在感があるが華美ではなく、落ち着いた色調の室内でふしぎと調和が取れていた。

ひとつひとつの物が上質で、凌士のこだわりを感じさせる。

凌士は飾り立てるより機能美を重視しているのだろう。左手にあるキッチンもたっぷりとしたスペースが取られ、使い勝手がよさそうに見えた。

なにより、リビングの正面の広々とした眺望に目が奪われる。

藍色の夜に、無数のライトが煌《きら》めいている。遮るものはなにもない。室内が明るいためか、緊張を隠せない自分の姿が窓に映りこんでいた。

リビングの入り口で立ち止まったあさひに気づき、凌士がジャケットを脱いでネクタイをゆるめながら引き返してきた。

苦笑とともに、頬に触れられる。

「悪いが、帰す気はないぞ」

欲求に素直だ。凌士の目にはいっさい迷いがない。

あさひは思わず凌士の腕をつかんだ。

「ほんとうに……わたしでいいんですか？」

「まだわからないのか？　俺は、好きでもない女を部屋に呼ぶほど暇じゃない」

「好……って」

かあっと頬を染めれば、凌士が目を細めて顔を寄せてくる。

「俺は、あさひが好きだ」

「……っ！」

唇が触れる。

あさひは無意識に目を閉じた。

（凌士さんとこんなことしていいのか、わからないのに……っ）

けれど、抵抗する気持ちはどこを探しても見つからない。

唇の施しは優しく、そのくせやや強引だ。まるで凌士そのもののように。

「早くあさひも、俺を好きになれ」

角度を変えるたびに、キスの深さが増していく。まるで甘い媚薬《びやく》を流しこまれたみたいに、頭の芯がじんと痺れる。

とうとう腰が砕けそうになったとき、凌士の手が腰に回った。

ぞくりと肌が粟立《あわだ》つ。力が入らない。

あさひは抱き寄せられるがまま、凌士にもたれかかった。ほとんど同時に覆い被され、さらに深いキスを仕掛けられる。

あさひも喉を反らし、凌士の首に腕を回して受け止める。

「そろそろ抱かれる気になったか？」

無意識にとろりとした目で凌士を見上げると、凌士が絶対的な王者の笑みを見せた。甘やかな支配の予感がする。答えられずにいるあさひを、凌士が抱き上げた。

迷いのない足取りでリビングを過ぎ、寝室へ足を踏み入れる。

「待って凌士さん、せ、せめてシャワーを……っ」

「いい」

「わたしがよくないんです……！」

仕事帰りに凌士を迎えに行ったのだ。初冬とはいえ、汗だってかいていると思う。

（このままじゃ、気になる……！）

ところが凌士は取り合わずにあさひをベッドにそっと下ろすと、すかさず組み敷いた。

「もう待てない」

返事につまったところをすかさず耳を甘噛みされ、あさひは体を跳ねさせた。

耳から首筋へ、さらに凌士の唇は下りて、鎖骨のまろやかな線をゆっくりとなぞり上げる。

そのたびに、甘い声が口をついてしまう。

シーツを握りしめれば、乱れた髪を凌士の手が梳く。

今にも蕩《とろ》けそうな目で見つめられた。

「俺はあさひを、決して泣かせない。だから俺にぜんぶ預けろ」

キスの隙間を縫って、泣きたくなるほど力強い言葉が降ってきた。

「あさひを俺にくれ。誰かに取られるのはごめんだ」

優しくも有無を言わさず、ニットもインナーも脱がされる。あらわになった素肌を、骨ばった手が優しくまさぐる。

肌が熱を帯びていく。あさひは身をよじった。

「あまり、見ないでください……っ」

「その要求は聞けないな」

「恥ずかしいんです……！」

凌士は愉快そうに笑い、すぐにまた急くような仕草であさひの肌を求める。

「凌士さん、わたし……っ」

胸がつまり、それ以上の言葉が出てこない。

凌士が肌を暴くのをやめ、髪に手を差し入れた。

ぞくりとして、腰が小さく跳ねる。

繰り返し梳くようにして髪を撫でられる。

暗がりを満たす空気が艶を帯び、濃やかさを増していく。

凌士が服を脱ぎ、均整のとれた体が眼前に迫る。

羞恥が膨れ上がり、あさひはたまらず目を逸らした。そのくせ、暗闇でもはっきりと目に焼きついて離れない。

否応なしに、心拍が駆け上がる。あさひは思わず、すがるように凌士の腕に手を伸ばした。

「怖いか？」

「そう……かもしれません。嫌なんかじゃないのは、ほんとうです。……なのに」

「まだ俺にぜんぶ預けられない、か」

あさひはためらいながらもうなずく。

(自分でもまだ……この状況が信じられなくて。飛びこむのが怖い……)

景にされたことが、まだ心にこびりついている。また誰かと深く向き合うのは、怖い。

凌士が「それでもいい」と怖いほど真剣な目をした。

「今は俺に流されただけでもいい。いや、むしろ流されればいい。ここから、あさひの心を引き寄せるだけだ。そうする自信はある」

「そんなの、わたしに都合がよくないですか……?」

あさひは泣く一歩手前の顔をさらに歪める。

だが、凌士は呆れるどころか優しく微笑み、あさひの耳元に顔を寄せた。

「あさひに都合がいいなら、俺にとっても正解だ。心配するな。俺のものになれ、あさひ。あさひの傷は俺が治してやる」

「凌士さん……っ」

なにからも守るように、強く抱きしめられる。

とうとう深い場所を貫かれたとき、あさひはシーツの上であられもなく嬌声を迸らせながら、やわらかな肢体を跳ねさせた。

悲しいのとは違う、あふれた感情が雫となって頬に流れる。凌士の唇に吸いこまれていく。

(こんな、一途に深い想いを伝える抱きかたなんて、知らない。こんな風に抱かれたら……)

これから凌士との関係が変わっていく、たしかな予感がする。

あさひの胸はおののきながらも、甘く震えた。

# 四章　気持ちがあふれる

凌士との関係が変化した、その翌週。

あさひが自席で役員会議用の資料を作成していると、向かいから手嶋がいつもの調子で顔を覗かせた。

「碓井チーフ、ちょっと面白いもの見つけたんで、見てもらっていいですか？」

「面白いもの？　手嶋くんにお願いした打ち合わせの件？」

「そっちはもう手配済みです。資料も出せますよ。今見せたいのはそれじゃなくて」

そう言いながら、手嶋が返事を待たずにやってくる。離席中だった隣のデスクの椅子に座り、キャスターを滑らせてあさひの横へ陣取った。

あさひは渡された一枚ものの概要を受け取り、素早く目を走らせる。はっと顔を上げた。

「これ……」

「面白いっしょ？　碓井チーフなら食いついてくれると思いました。てわけで、こっちがその詳細」

手嶋がさらに椅子ごとあさひに近付き、資料の束を寄越す。

近すぎる距離に当惑しつつも、あさひは頭を切り替えて真剣に読みこんでいく。ある大学で行われている研究についてのレポートだ。研究の切り口も新しいが、そこに添えられた手嶋なりの所感も興味深い。

あさひは早くも興奮を覚えながら、企画を進める段取りを考える。

「これは事業化できそう……」

「でっしょ？」

「手嶋くんの着眼点もいいね。詳しく聞かせてくれる？」

離席していた隣の課員が戻ってきたのに合わせ、あさひは手嶋を窓際のミーティングテーブルに誘う。そのときだった。

「へえ、興味深い。俺にも聞かせろ」

「如月統括！」

あさひが振り向いたとき、凌士があさひの隣の椅子を引いた。椅子に腰を下ろして長い脚を悠然と組む。

凌士の姿に、手嶋が目をみはる。

一般社員にとっては、凌士は威圧感のある近付きがたい存在だ。その凌士がみずから社員の打ち合わせにまじる異例の姿に、周辺の席からどよめきが上がる。

凌士の支配者然としたオーラを前にして、手嶋も萎縮《いしゅく》したのか顔が強張った。

あさひも凌士との打ち合わせは初めてだ。

だけど、部下を萎縮させては業務が進まない。あさひは普段通りの笑顔を意識して、手にしていた資料を凌士に渡す。

「手嶋くん、話が整理できてなくてもいいよ。適宜フォローするから。……統括、これはまだ正式な資料の体裁ではありませんので」

「わかっている。ラフでいい、話せ」

あさひは手嶋の話を補足しながら、事業化に向けて自分の考えも伝える。

(凌士さんは上司。失望だけはされたくないもの)

凌士は矢継ぎ早に質問を繰り出した。その顔は、如月モビリティーズを率いる人間のもので、妥協も甘えも許されない雰囲気だ。こうすればいいというアドバイスも示唆に富んでいた。

尊敬する上司に食いついてもらえるのが嬉しい。打ち合わせは大いに盛り上がった。

「統括！」

打ち合わせを終え、フロアを出る凌士をあさひは途中で呼び止めた。

「先ほどは、ありがとうございました。統括のおかげで、モチベーションが上がりました」

あさひは淩士について、喫煙室の代わりにできたリフレッシュスペースに入った。ワンルームほどの広さの明るい空間に、自販機が二台とベンチが並んでいる。さいわい先客はいない。

淩士が自販機でミルクティーのボタンを押す。コーヒー派の淩士にしては珍しいと思って見ていると、淩士がそれをあさひに差し出した。

「碓井も休憩するといい」

「あ……ありがとうございます。統括があんな風にフランクに接してくださるなんて、意外でした」

受け取って頭を下げる。淩士が自身のアイスコーヒーも買う。

「俺にとっても有意義だった。碓井のおかげだな。これからは末端の話も積極的に吸い上げることにしよう」

「わたしですか？」

缶のプルトップを開けたあさひが首をかしげると、「気づかなかったのか」と淩士が目を細める。

「碓井のフォローがあったから、手嶋もスムーズに話せたんだろう。最初の声かけも絶妙だった。部下の力を引き出すのがうまい。ああいうところは、俺には真似《まね》できない。碓井の美点だな」

「ありがとうございます、嬉しいです」

甘い顔を見せられるのも胸が高鳴るけれど、仕事で認められるのはまた別種の感動がある。

缶コーヒーを飲み始める凌士を見ながら、あさひは顔をほころばせる。

「でもまだまだですよ。肝心の手嶋くんには、上司というより同期同然の扱いをされてますから。実際、歳も近いですし手嶋くんは有能ですから、しかたないんでしょうけど……。今日も統括の前だから素直だったのであって、いつもはわたしが指導する出番もないというか」

「手嶋もそのうち、碓井を認めざるを得なくなる」

「そうなるように精進します」

照れていると、凌士が一転してひとりの男の顔を覗かせた。

「まあ、そもそもはあさひが手嶋とふたりで話していたから、割りこみたくなったわけだが」

不意打ちの名前呼びと、熱を帯びた視線。あさひは目をまたたいた。

「え……部下ですし、仕事の話ですよ？」

「部下でも男だ。俺の前で、あの近さはいただけない」

缶コーヒーをひと息に呷った凌士は、口元を拳《こぶし》でぞんざいに拭うと、あさひに歩をつめた。

にわかに空気の密度が濃くなった気配がして、心臓が跳ねる。凌士の手が伸び、するりと頬を撫でられる。

その手はさらに下り、あさひのほっそりとしたうなじをかすめた。

「あまり俺を煽《あお》るようなら、ここに印をつけるが？」

「っ、統括」

長い指先に触れられたうなじが、一気に熱を持つ。

鼓動が乱れたのがわかったけれど、吸いこまれるように凌士を見つめたまま目を逸らせない。

（これって……独占欲、なの？）

「わかったか？」

「っ……は、い」

切れ切れにどうにかそう言うと、凌士がようやく満足そうにした。気圧《けお》されるほどの色香がすっと消え、仕事の顔が戻ってくる。

そのとき、リフレッシュスペースに別の社員が入ってきた。彼は凌士にまもなく会議が始まると告げ、急ぐよう促す。

「わかった、行こう」

凌士はコーヒーを飲み干してゴミ箱に缶を捨てると、呼びに来た社員のあとに続いた。あさひは出ていくふたりのために脇へ退く。

凌士の香りが鼻先をかすめる。

「ああ、そうだ碓井。俺が同席したからといって緊張するな、疲れるだけだぞ。フォローもしてやれるのだから、もっと気を楽にして臨め」

凌士はすれ違いざま、あさひが手にしたミルクティーの缶を爪で軽く弾く。かすかな金属音がして、あさひは遅れて凌士が言った『休憩するといい』の言葉が指すほんとうの意味に思い至った。

（緊張してたって、気づかれてた……）

弾かれたように顔を上げれば、甘さのにじんだ目とぶつかる。

呼びに来た社員に見られないよう、素早く耳に口づけられた。

凌士は甘く目を細めたが、すぐにそれを表情から消すと、リフレッシュスペースを出ていく。

（ああもう……っ、熱いっ）

あさひはひとりになったリフレッシュスペースで、すぐにはもとに戻らないだろう真っ赤に染まった頬に手を当てる。

（凌士さんからもらってばかりで……わたしだって凌士さんになにかしたい）

その日あさひは帰宅するなり、保留になっていた件を実行に移すためパソコンを立ち上げた。

いくつか調べ物をした翌朝、あさひが出勤してメールチェックをしていると凌士からメールがきていた。送信は昨夜の二十二時。

慌ててメールを開くと、カレンダーアプリのリンクが貼られている。職場でも使用しているものだ。あさひは怪訝《けげん》に思いながら、リンクをクリックしてカレンダーを開いた。

と、見慣れない色で表示された予定が目に飛びこんできた。日付は今日。

【如月：18:00―21:00　〇〇社長と会食】

（えっ……？）

凌士の予定だった。

統括部長の予定を共有しているのは一部の役職者のみだ。あさひを含め、ほかの者のカレンダーには凌士の予定は表示されない。

そう思ってよく見ると、職場向けの公開予定とは別に、プライベートの予定の共有者にあさひが設定されている。

今日のカレンダーに書きこまれたのも、そうやって共有されたプライベートの予定のひとつらしい。ほかにも、いくつか凌士の予定が書きこまれている。

驚いて凌士からのメールを見直せば、【予定の入っていない時間は、あさひが自由に使っていい】と書かれていた。

（自由に使っていい、だなんて……）

あさひは凌士の席に目をやる。あさひよりひと足先に出勤していた凌士は、すでに自席で打ち合わせに入っており、目が合うことはない。

けれど、胸の奥には甘やかなものが降り積もっていく。

景に連絡しても返事がなく待つばかりだったあさひにとって、予定をオープンにしてもらえるのは、安心感を与えられるのに等しかった。

（嬉しい……）

でも凌士の予定を見始めたら、仕事にならなそうだ。

あさひは凌士にお礼のメールを一本入れて業務に取りかかる。昼休みになるのを待って、空き時間に予定を書きこんだ。

【碓井：終日　この日をわたしにください】

どこかくすぐったさを感じながら、件名の代わりにそう書く。

すると、定時を過ぎてほどなく、メッセージアプリが凌士からの着信を知らせた。これから会食先にタクシーで向かうから、途中まで来ないかという。

（えっと……うん、わたしの業務はキリがいいところまで終わってるから）

あさひはすぐさま了承の返事をして自席を片付け、エレベーターでオフィス側のエントランスまで下りる。

早足でビルを出れば、探すまでもなくタクシーが目の前に横付けされていた。凌士だ。

「お待たせしました……っ」

内側から扉が開いたタクシーの後部座席に乗りこむ。奥に座っていた凌士が組んでいた腕をほどいた。

「走ってきたのか？　お疲れ」

職場での顔よりもやわらかな表情に、胸がとくりと鳴る。タクシーが静かに走りだした。

「カレンダー、見たぞ。あさひからの誘いは初めてだな。前に話していた、ガラス細工の工房か？」

「はい。凌士さんとグラス作りを体験したら、楽しいだろうなと思って。この前の紅葉もそうですけど、綺麗なものは見るだけで癒やされますから。休息にもちょうどいいかな、と」

言ってから、時間を先に押さえて大丈夫だったかと確認する。凌士がもちろんだと笑い、あさひの手に自分の手を重ねた。

力強い肌のぬくもりに包まれ、胸がぎゅうっとなる。

「……なんて、会えるならなんでもいいんですけど」

小さく言うと重ねられた手が外れ、代わりに抱き寄せられた。

「俺もだ。あさひに会えるならなんでも構わない。だが、せっかくだからその体験とやらをしてみよう。綺麗なものは俺も好きだ」

自分の好きなものに興味を持ってくれる。あさひは顔を輝かせた。

「よかった！　高温で溶けたガラスを吹いてグラスの形に整えながら、色を乗せていくんですって。だから模様もひとつずつ違って……って凌士さん、どうされました？」

凌士が忍び笑いをしながら、さらに強くあさひを抱き寄せた。

「好きだなと思ってな」

「ね、楽しそうでしょう！　予約しておきますね。工房もいろいろあって悩みましたけど、よさそうなところを見つけたんです。世界にひとつだけのグラスって、特別感もあっていいですよね」

「いや、あさひが綺麗だと思っていた。見るだけで癒やされる」

あさひはとっさに凌士の腕の中でうつむいた。

「ありがとう……ございます」

顔が熱くて、凌士の顔を直視できない。凌士がなおも覗きこもうとするので、あさひはとうとう両手で顔を覆う。

余裕たっぷりの仕草で、凌士が耳朶《じだ》をくすぐってくる。

「しかし、美を生み出すという作業は初めてだな。うまく作れるといいんだが」

「うまくできなくても、そこが味わいになるものですよ。問題なしです。それに、凌士さんは初めてじゃないですし」

「ガラス細工は未経験だぞ」

あさひはかぶりを振って、凌士を見上げる。

「如月の車は美しいです。凌士さんはとっくに生み出してますよ」

言うと同時に、言葉ごとのみこむようなキスをされた。頭が痺れ、声にならない声が鼻から抜ける。

小さな水音の余韻を残して唇が離れると、次はうなじにもキスを刻みつけられた。凌士があさひの肩に頭をうずめる。

「嬉しいことを言ってくれる。だが、あさひも生み出す側の一員であることを忘れるなよ」

タクシーを降りるまで、あさひは抱きしめられたまま離してもらえなかった。


あさひたちが製作し、冷ますために窓辺のテーブルに並べられたグラスは、きらきらと冬の初めの光を反射した。

ぽってりと底部の丸いグラスに、明るい色を乗せた模様。凌士は青、あさひは黄色だ。あさひの色は凌士が選んだ。

凌士によると、『あさひはそのまま、朝日のイメージだからな』ということらしい。

どちらも、いびつながら手作りならではの味わいがある。使うところを想像して、あさひは目元をゆるめた。

凌士は工房のカウンターで、できあがったグラスの配送手続きをしている。

それを待つあいだグラスを眺めていると、さっきガラス吹き体験で一緒のグループにいた女性客に話しかけられた。

「ここ、結婚が決まったカップルとか、新婚夫婦のお客さんが多いんですって。あなたたちもそんな感じ？」

あさひより二、三歳上だろうか。ストレートのロングヘアを片側にまとめて流した女性からは、活動的な雰囲気が漂う。

ゆるいワークパンツを穿《は》いたカジュアルスタイルがこなれていた。

「いえ、まだそこまでは……」

あさひが凌士との関係を示す言葉を探しあぐねると、女性はそれだけで察したのか、深く追及せずにうなずいた。

「そうなんだ。思えば、それくらいのときがいちばんドキドキしてたかも。私たちなんて、今じゃ熟年カップル。今年のクリスマスで八年よ」

「ご結婚されるんですか？」

女性は「そうなの」と、ふわっと幸せを煮詰めたような笑みを弾けさせた。

「付き合ってまもないころにプロポーズされたけど、そのときは彼を支えられる自信がなくて断ったの。それからいろいろあって……ようやくなのよ」

「八年かけて、ずっとこのひとがいいと思えるのは素敵です。おめでとうございます」

「ありがとう。けど、結局は短いも長いもなくて、タイミングだと思うわ。私の場合は、八年も必要だったってだけ。それも今だから笑って振り返れるんだけどね」

話していると、配送手続きを終えた凌士がやってくる。

女性はあさひを引き留めたのを謝り、恋人らしき連れの男性のもとに戻っていった。

「彼女は？」

「さっきの体験のとき、おなじグループだったひとですよ。恋人とグラスを作りに来たんですって」

「俺たちと一緒か」

あさひは思わず、凌士を見上げた。

恋人。

凌士はためらわずにそう言い切った。

（いいのかな……）

あさひの心臓が騒ぎ始めたのには気づかない様子で、凌士が目を細めてあさひの肩を引き寄せる。あさひはしばらく、そのぬくもりに身を預けた。

ひと息つこうという凌士の提案で、あさひたちは工房から場所を移すことになった。ところがいざ連れていかれた建物を前に、あさひは目を見開いた。

目の前には、歴史を感じさせる重厚かつ洗練された佇まいの洋館。明治時代に創業されたという、日本有数のクラシックホテルだった。

「ここ、ですか?」

「綺麗なものを見ると、癒やされると言わなかったか? ここは庭園が見事でな。庭園が見えるレストランを予約しておいた」

案内されたレストランは、天井が高く開放的な雰囲気で、ノスタルジーとラグジュアリーの両方を兼ね備えた空間だった。

高級そうではあるものの、客を選ぶような突き放した感じはない。あたたかみがあってオープンな空気が流れている。

純白のクロスをかけられたテーブルにつくだけで、自然と背筋が伸びる。

ラフなパンツスタイルだったあさひは、若干の気後れを覚えつつも、ほうっとため息をついた。

「そうかしこまらなくていい。ドレスコードといってもスマートカジュアルだ」

「えっ」

ぎょっとして、ニットと細身のパンツを着た自分を見おろす。これはスマートカジュアルのうちに入るのだろうか。凌士が愉快そうに肩を揺らした。

「気になるなら、ドレスショップに行くか？　ここのブライダル用だが、カジュアルなものもあるはずだ」

「ブライ……っ、いえ、遠慮いたします！　ドレスなんて着たら、気になって食事どころじゃなくなりますから」

「ドレス姿もきっと綺麗だ。またの機会に着せるか」

大人の余裕がうかがえる笑みに、あさひは思わず口ごもる。

なんだか翻弄《ほんろう》されてばかりの気がするけれど、こうなったらいっそ楽しむが勝ちかもしれない。

（そのほうが凌士さんも喜んでくれるよね）

昼食には遅い時間だ。あさひは軽めの料理を注文して、テーブルの向かいに座る凌士を盗み見する。

グラス工房での製作過程を思い出してこっそり笑っていると、凌士に気づかれた。

「なんだ?」

「いえ、凌士さんが頬を膨らませてガラスを吹く姿が珍しくて。写真を撮ればよかったです」

ガラスを吹くときは、力をこめすぎてもいけない。ガラスが潰れてしまう。しかし吹きこむ力が弱いと膨らまない。絶妙な力加減が必要だ。

凌士は何度か強く吹きすぎてしまい、やり直していた。凌士も思い出したのか、顔をしかめる。

「力を出すのは得意なんだが、抑えるのは難しいな」

「……そうですね?」

噴きそうになるのを我慢し、車を運転する凌士に合わせたノンアルコールのシャンパンを口に運ぶ。

凌士が苦戦するところなど、職場ではまず見られない。それだけに意外であり新鮮で、実は可愛いと思ったりもしたのは、内緒にしたほうがいいかもしれない。

軽めとはいうものの、運ばれてきた料理は素晴らしかった。

ほほ肉のビーフシチューは、口に入れたとたんにほろりと崩れていく。代わりに濃厚な旨味が広がり、あさひは「美味しい」と控えめな歓声を何度もあげながら焼きたてのパンとともに味わう。

凌士には何度も、もっと食べろと追加オーダーをされかけたけれど。

「代わりにデザートをいただいてもいいですか？」

「別腹というやつか。苦しくなるまで食っていいぞ」

「そこまでしません」

季節のケーキは、ラム酒に漬けこんだ栗がつやつやと輝くモンブラン。紅茶とともに注文する。凌士はアイスコーヒー。

ゆったりとした時間が流れるなか、見事な日本庭園を眺めながらモンブランにひとしきり舌鼓《したつづみ》を打つ。

ひと息ついたところで、あさひはハンドバッグから取り出したものを凌士の前に滑らせた。

「よかったらこれ、使ってください。ちょっと眺めて和むだけでも、休憩できると思いますから」

凌士が怪訝そうに、コーヒーのグラスをテーブルに戻す。あさひの渡したものを手に取り、しげしげと見つめた。

て取りつけてある。

「はい。実は、凌士さんがガラスを吹くのに苦戦しているあいだに、追加でとんぼ玉を作ったんです。この先についてる丸い玉がそうなんですけど」

できあがったとんぼ玉は、なだらかな曲線を描く金具の先に、細いチェーンを介して取りつけてある。

職場での様子を見るに、冬でもアイスコーヒー派らしい凌士だが、さすがに職場でグラスを使う機会はないだろう。そう思って、職場で使っても不自然でなく、かつ眺めればちょっとした癒やしになりそうなものを作ることにしたのだ。

凌士が嬉しそうに表情を崩し、あさひは満足してとんぼ玉を指さした。深い青色のとんぼ玉には、白線で力強い模様が描かれている。

「この模様は、凌士さんをイメージしてみました……って、あまりじろじろ見ないでください。いびつなところもあるので」

「俺のために作ってくれたのに、見なくてどうする。さっそく使わせてもらう。ありがとう」

凌士がとびきりの笑顔で、モンブランにフォークを入れたあさひの手を引き寄せた。驚くあさひに構わず、モンブランを自身の口に運ぶ。

「甘いな」

凌士が唇を舐める。思いがけない色香を見せられ、あさひは息をのんだ。

そんなこととは知らない様子の凌士は、ラフなジャケットの内ポケットからなにかを取り出す。無造作に、あさひの手へのせた。

「俺からも。使ってくれ」

「えっ……これ、ピアス？　え、え？」

あさひは呆然と手のなかのピアスを見つめる。

四つ葉のクローバーを模した形の貴石がゴールドで縁取りされており、愛らしくも洒落っ気がある。

宝石に詳しくないあさひでも、ファッション誌の広告で目にした記憶がある。海外のハイジュエラーのものだ。

……けれど。

「なんで……こんな高価なものを」

「幸運の四つ葉だ。あさひの幸運は、すべて俺が与えてやる」

「もうたくさん、もらってるのに」

凌士から、胸がつまるほどの気持ちをもらっている。

「なら、俺にとってあさひが幸運の象徴だという意味でもいい。とにかく、俺の欲のためにつけろ」

凌士は反論を許さない傲然《ごうぜん》さで言い切ると、テーブルを回ってあさひのすぐそばにやってくる。長い指が、あさひの髪を耳にかける。

（あっ……）

やわらかな耳朶を指先で遊ばれたとたん、微弱な電流を通されたかのように体が痺れた。

ごく小さな刺激にも以前より敏感になっているのが、恥ずかしい。あさひは必要以上に息をつめてじっとした。

凌士が両方のピアスを付け替える。

「やはり似合うな」

凌士が満足そうに、あさひの耳朶を繰り返し撫でる。嬉しさを隠そうともしない。

あさひは、くすぐったさに首をすくめる。

ふいに、胸の奥にもくすぐったい気持ちが湧き上がった。

反対に、これまで拭いきれずにいた戸惑いが消えていく。

「ありがとうございます。すごく、すごく嬉しい……！　職場でもつけますね」

「ああ。自分に夢中になっている男の存在を、周りにも示しておけ。特別な女だ、とな」

その言葉が、態度が、表情が、どれほどあさひに自信を与えてくれるか。凌士は知らないのに違いない。

あさひは、胸に生まれたむず痒《がゆ》さをそのままに、ピアスに触れて感触をたしかめる。

「そろそろ行くか。いい一日だったな」

たとえば凌士とこの先も一緒に過ごしていけば——と、あさひは手を引かれて駐車場まで歩きながら考える。

そのときはもっと、凌士のいろんな顔を見られるのかもしれない。

子どものように懸命になる姿も、心から満足した無防備な笑顔も。

酔いそうなほど、甘く見つめるまなざしも。

もっと。

あさひは、それを楽しみだと素直に思っている自分に気づいた。

(もっと見たいし、凌士さんともっと深く……わかり合いたい)

これまでは、凌士のまっすぐな想いに応えるのが怖いという気持ちを、捨てきれなかった。でも、初めて違うと思える。

八年なんて大それた長さを想像する勇気は、まだ持てなくても。

(もっと、一緒にいたい)

否定できないほどに大きく膨らんだ気持ちに後押しされ、あさひは繋がれた手を自分から深く絡め直す。

「凌士さん、またこうやって会いたい……です」

停めてあった車の助手席のドアを開けた凌士が、目をみはる。

あさひは乗りこもうとして手を離しかけたが、それより早く抱き寄せられた。

「俺もだ。会いたい。いや……、このまま離したくないな」

唇の表面を指でなぞられ、ぞくりと背中が震えた。凌士の目に吸い寄せられる。その目は抑えきれない熱をはらんでいる。

心臓がひと跳ねしたときには、唇が合わさっていた。あさひはごく自然に目をつむる。戸惑いは、ふしぎなほどなかった。

むしろ食べ尽くすようなキスに、鼓動が否応なしに高鳴る。

頭がふわふわとして、溶けてしまいそうだ。

(もっとキスしてほしい……)

膨れ上がる気持ちの正体を、もう否定できない。引き返せない。

あさひは凌士に仕掛けられた大人のキスに酔わされながら、その気持ちを認めた。

スケジュールの空きはいつでも使っていい、と言われてはいても凌士は多忙だ。凌士は公私の区別をきっちりつけるタイプで、職場では部下を残業させないために率先して帰るくらいだが、それでも次々に仕事が舞いこんでくる。

必然的に、あさひが凌士を待つ機会のほうが多くなる。

この日は夕食をともにするはずが、凌士がアメリカの会社との急なＷｅｂ会議が入ってしまった。

先に会社を出たあさひは、定食屋の周辺をうろうろしながら凌士を待つ。凌士からは先に食べるようメッセージが送られてきたが、一緒のほうがいい。

とはいえ、そろそろ九時だ。時差を考えれば定時後からの会議に文句は言えないものの、凌士も疲労が溜まるだろう。

あさひは空を見上げてため息をつく。

先ほどから、雲が分厚く垂れこめている。雨の匂いが鼻先をかすめ、あさひは定食屋の軒先に戻る。予想した通り、まもなく雨が降ってきた。

雨はみるみる激しさを増し、土砂降りになった。

道を行き交う会社帰りだろうスーツ姿の人々が、突然の雨に足を速める。革靴が水を跳ねる音が雨にまじって耳を打った。

【今終わった。すぐ行く】

着信を知らせたスマホをタップすると、凌士からのメッセージだった。さらに雨足が強くなる空にやきもきし、あさひは急がなくていいと返信する。

けれど既読はつかない。

（凌士さん、傘は持ってるのかな）

地面を叩きつける雨が、あさひの心配を否が応でも募らせる。濡れたアスファルトが、店先の照明を受けて浮かび上がった。

もはや豪雨のレベルだ。雪ではないだけ、まだマシなのかもしれないけれど。

あさひは凌士を会社まで迎えに行こうと決め、折り畳み傘を広げて店を離れる。

そのとき、大通りの横断歩道を、凌士が傘も差さずに走ってくるのが目に入った。

「凌士さん！」

あさひは横断歩道を渡り終えた凌士に走り寄る。

「悪い、遅くなった」

「そんなのいいですから！　それよりずぶ濡れじゃないですか」

スタンドカラーのロングコートが、雨に濡れて色を変えている。スラックスの裾もそう。革靴にも雨が染みてしまっている。

なにより、顔に張りついた髪からこめかみへ、雨が筋を作って流れていた。

あさひは傘を差しかけようと、さらに凌士に近付く。

ところが、凌士はあさひから離れようとする。土砂降りの雨は続いているのに。

「なんで避けるんですか。入ってください」

「これくらい問題ない。それより、あさひが濡れるだろう。ちゃんと傘を差しとけ」

「それはわたしの台詞です！」

あさひはぐっと身を乗り出し、凌士の腕をつかむと強引に傘の中に入れる。

凌士はわずかに息を荒らげていた。会社からずっと走ってきたのかもしれない。

「呼んでくだされば、迎えに行ったのに。ちょうど、そうしかけたところだったんですよ。もしくは雨がやんでからにするとか、コンビニで傘を買うとかして……」

「なにを言ってる。待たせたのだから、早く行ってやりたいだろう」

きっぱりとした声を耳にしたら、だしぬけに胸がきゅうっと甘やかな音を立てた。

「そんなの……気にしなくてよかったのに」

あさひは凌士の腕をつかんだまま、定食屋の軒下まで引っ張る。今度は凌士もおとなしくついてきた。

　軒下に入るとほっとして、あさひは傘を畳んでハンカチを取り出す。腕を伸ばして凌士の顔を拭くと、凌士が頭を屈めた。

　おかげで拭きやすくはなったものの、ハンカチで拭いたくらいでは焼け石に水だ。

「凌士さんのお仕事は理解してますし、これくらいで怒りませんよ」

「そこは怒れ」

　なぜか凌士のほうが不機嫌そうで、あさひは笑いを漏らした。

「必要なときは、ちゃんと怒ります。でも今はそうじゃないですから」

「だが、不安にさせただろう。悪かった」

　濡れ鼠《ねずみ》になった凌士が、自分を構うこともせず眉を曇らせる。背の高い凌士がそうすると、普段の堂々とした振る舞いが嘘のようだ。

　まるで、弱った小動物みたいだった。

　——とたん、あさひの胸の内を衝動に似た感情がこみ上げた。

　自分でも認めたその感情は、胸に留めておくのは苦しいまでになっていた。

「不安はなかったですけど、心配はしました。だからこれからはちゃんと傘を買うか、わたしを呼ぶかしてください。好きなひとが困ってるかもしれないのに、ただ待つだけなのは嫌です」

「――今なんと言った？」

「だから、傘を買うかわたしを呼んでくださいと」

「その次だ」

たった今までうなだれていた凌士の目が、獲物を捕らえた獣のように鋭くあさひを見据えた。

その変わりように驚き、次いであさひは笑ってしまう。愛おしい気持ちがあふれてくる。

「好きなひと、です。凌士さん。……好きです。ほんとうは早く会いたかったです」

凌士が息をのむ。あさひを抱きしめようとして寸前で止め、

「やっと言ったな」

頭だけ屈めてあさひにキスをした。


自分の気持ちを言葉にして認めてしまうと、こんなにも違うのかと我ながらびっくりしてしまう。

思いきって凌士のもとに飛びこんでしまえば、ただ安心だけがそこにあった。

「肌が熱いな？　あさひこそ、風邪を引いていないだろうな」

凌士があさひの肌にシャワーを浴びせてボディソープを洗い流しながら、もう一方の手で首元から胸を通って腹までを撫で下ろす。

ずぶ濡れでは食事もままならず、あさひたちは女将に頼んでお弁当を作ってもらい、凌士の部屋に帰った。

しかし、凌士にとりあえずシャワーを浴びるよう訴えたあさひまで、「来い」と強引に浴室に連れていかれてしまったのだった。

「熱いのは、凌士さんが触るから……！　あの、やっぱりわたしは外で待っ……」

これ以上ないというほど身をすくめれば、背後から抱きこまれる。

「ダメだ、離さない」

「でも、こんなの恥ずかしいです……！」

「俺しか見ていないからいいだろう」

「それが恥ずかしいんですっ……！」

「あさひの言い分はわかった。だが、俺は離す気はない。おとなしく座ってろ」

我を通すところは、ひとの上に立つ立場らしい性格だと思うけれど、こんなときは困る。きっぱりと宣言されれば凌士の意志を覆すのは困難で、あさひは観念して力を抜いた。

（心臓が破けたら凌士さんのせいなんだから……っ）

明るい場所で素肌を余すところなく見られる羞恥に、あさひは打ち震える。

不埒な手が濡れた肌を楽しむように触れる。あさひという女をたしかめるような手つき。ごく優しく、それでいて欲情を隠しもしない。

たちまち体に火を灯される。

甘く痺れていく。

骨張った手が、あさひのなめらかな肌を滑る。肩から腕、首に戻って鎖骨のくぼみへと下り、さらにその下へ。

艶めいた刺激がさざなみのように押し寄せ、あさひはとうとう小さくあられもない声をあげる。

「可愛いな。どれだけ触れても足りない。だが……」

「凌士さん？」

振り向くと、髪も肌も濡れて滴るほどの色香をまとった凌士が怪訝そうにする。

「あさひ、やけに感じていないか？」

「なっ……！」

「風呂でするのが好きなのか？」

「まっ、真顔でそんなこと訊きます？　お風呂がどうとかじゃなくて、凌士さんを好きって意識したら急に……」

あさひは勢いよくうつむいた。だってしかたないでしょうと言いたい。

好きな男から、極上の宝物を扱うように触れられるのだ。

本能が歓《よろこ》ぶのは当然だと思う。

（やだ、そんなにわかりやすかった……⁉）

うつむいたあさひのうなじに、凌士が甘く齧《かじ》りついた。また体が跳ねる。

「あさひ、こっちを向け」

今凌士を見たら、きっと心臓が爆発してしまう。あさひはかぶりを振った。

「顔を見せろ。俺が好きか」

「好きです……」

「なら見せろ」

「そんな！」

「俺のほうがあさひを好きなのだから、問題ないだろう」

あさひは顎をつかまれて、強引に凌士のほうを向かされた。

潤んだ目で凌士を見つめたあさひに、凌士が相好を崩す。

「好きだ、あさひ」

「わたしもです……」

「俺のほうがさらに入れこんでいる。まいったな」

凌士が苦笑する。唇を貪《むさぼ》られ、肌を合わせられ、あさひは凌士の手によってとめどない快楽に導かれる。

頭が痺れてふわふわとした浮遊感を覚える。これが多幸感なのかもしれない。

凌士の鋭くも溶けそうな目に見つめられて、溺れていく。

（やっと、ほんとうの恋人になれたのかも）

あさひはもう、凌士との関係をそう呼ぶことにためらわなかった。戸惑いもない。むしろ、迷いなく凌士を好きだと思えるのが幸せで。

（好きです）

その思いが強くなるにつれて、体の反応も艶を増していく。凌士がますます甘くあさひを責め苛《さいな》む。

あさひは声がかすれるほど凌士を呼びながら、恋人としての時間を積み重ねていく甘い予感に胸を躍らせた。

＊

まだ社員もまばらな早朝は、貴重な仕事時間だ。

始業してしまえば、凌士の時間は基本的に部下や仕事相手に使われる。

そのため、なににも邪魔されずに純粋に自分の仕事ができる時間は、凌士にとってなくてはならないものだった。

冬の早朝はまだフロア内に空調が行き渡っておらず、しんと冷える。

窓の外が白み始めるなか、自席で資料に目を通していると、珍しく事業開発本部のフロアに顔を出した本部長が凌士に目を留めた。

「凌士くんも栞《しおり》を使うんだ。珍しいね」

社員からは菩薩《ぼさつ》と称されている本部長の視線の先には、とんぼ玉のついたブックマーカー。先日、あさひからもらったものだ。

「ええ。最近、使い始めました。本部長もですか？」

「僕じゃなくて、奥さんがね。君のと似た、女性らしい飾りのついたものを愛用しているよ。どれどれ……」

本部長がブックマーカーを取り上げようとするのを、凌士は横から手を出して阻止する。

「おやおや。誰にも触られたくないって、顔に書いてあるね。大事な女性からのプレゼントというわけだ」

「狭量でした」

否定する気もなく凌士が謝ると、本部長は菩薩の顔をさらに笑みで崩した。

「いやいや、いい顔をしてたよ。人間臭くて。鉄も高温では溶けるものだからね」

「そうですかね」

「うんうん。昔の君は、周りの人間すべてを敵視していただろう？　心を寄せられる相手ができたようで、よかったよ」

凌士の父親――社長とも親交があり、凌士の入社時から目をかけてくれていた本部長には、なにもかもお見通しなのだろう。

たしかに若いころは御曹司というレッテルが重く、必要以上に全身の毛を逆立てていた記憶がある。

一刻も早く抜きん出るために、不要なものを切り捨ててきた。

そうしなければ、誰よりも上へ立つ資格はないと思っていた。その考えのせいで、凌士は他部署ともしょっちゅう衝突していた。

だが、ある出会いのおかげで、凌士はその考えをあらためた。それからは、足元をすくわれるほどの衝突はなくなった。

「それほど大事な女性なら、さっさと結婚したほうがいいよ。僕の奥さんもいい女だったから、いろいろと大変でね。結婚してやっと安心できたよ。社長は結婚に関しては、なんて?」

「結婚さえしてくれればいい、というスタンスですね。反対されたとしても捻《ね》じ伏せますが」

「ああ、凌士くんに対してもそんな感じなんだね。放任主義だなあ」

「忙しいひとですから、息子に構っていられないんでしょう」

不満はない。凌士にとっては、子どものころからそれが普通だった。

「いやいや、陰ではしょっちゅう凌士くんの自慢を聞かされるよ。実績を積んでいるからこそ、任せても大丈夫だと思っているんだよ」

「なるほど。顔を合わせれば辛めの採点ばかりされますが、いちおう及第点はもらっていると思っておきましょう」

放任主義の父親とは対照的に、母親はいっとき山のように見合い話を持ってきていた。

だがそれも、凌士が突っぱねるうちに、いつのまにかぱたりとやんだのだが。

「問題がないなら、さっさと話を進めるべきだよ。社長も心の中では早く安心したそうだから」

言われるまでもなく、凌士自身はすでにあさひとの結婚について、何度となく想像してきた。

本人は凡庸《ぼんよう》だと思っている節があるが、あさひは美人の部類に入る。華やかさよりも、しとやかさが前に出る分、気づかれにくいだけだ。

だからドレスをまとえば、見違えるほどの変貌を遂げるに違いない。

式だけではない。新婚旅行や新居についても、凌士は準備を始めていた。

（あさひを誰よりも幸せにしてやる）

表情こそ変えないものの、凌士の心はあさひとの結婚生活に完全に持っていかれていた。

「背中を押してくださり、ありがとうございます。私も本部長を見倣《みなら》いますよ」

「いい報告を待ってるよ」

フロアを出ていく本部長と入れ違いに、社員がぽつぽつと出社してくる。始業まであと二十分。思ったより話しこんでいたらしい。

凌士は資料の冊子にブックマーカーを挟み、メールチェックを始める。やがて出社する社員の中にあさひの姿を見つけた。

目が合うと、頬を染めたあさひがはにかんだ笑みを返して自席につく。凌士は声をかけようとした。

ところが、それより早く彼女を呼び止めた男がいた。

「碓井チーフ、おはようございます」

甘えのこもった声は手嶋だった。おそらくあれは、年下の利点を自覚した上で最大限利用している。

「おはよう。今日も元気いいね」

対するあさひは、いつもと変わらないやわらかな声だ。手嶋の目に浮かぶ感情に、まるで気づいていない。それが凌士にはもどかしく映る。

「定時退勤日ですから、テンションも上がりますって。そうだチーフ、今日こそサシ飲み行きましょうよ。先日、俺を置いて帰っちゃったでしょ？」

「ご褒美にって言ってた、あれのこと？　それなら部長も手嶋くんを褒めてたから、お誘いしよっか」

「あー、もう、なんでそうなるんです？　じゃあ飲みの件はひとまず置いて、始業前にちょっと相談いいですか？　ここではあれなんで下、行けます？」

下の階にテナントとして入店するコーヒースタンドを挙げ、手嶋が〝相談〟を強調しながらあさひを誘い出す。

なにをするつもりなのか、凌士の目には明らかだった。

あれは男の目だ。

喉が焼けつくような感覚を覚え、凌士は手元の缶コーヒーを飲み干す。鈍い金属音にはっとして見れば、缶が握り潰されていた。

「コーヒー、買ってくるか」

凌士は少々ばつの悪い思いで、誰にともなく言い訳してフロアを出た。ふたりが向かった店に足が向く。

オフィスロビーを出た左手にある店は、出勤前にテイクアウトしていくビジネスマンで賑《にぎ》わっていた。

視線をめぐらせるまでもなく、あさひたちの姿はすぐに見つかった。ガラス張りの店先に並んだスタンディングテーブルで向かい合っている。

ふたりとも、凌士が近付いても気づかない様子だ。胃がむかむかする。

凌士は手嶋の話を阻止するつもりで、足を踏み出す。しかし一歩遅かったらしく、その声はやけにはっきりと聞こえてきた。

「――ごめんね。その〝相談〟には応えられない。手嶋くんのことは、部下としてしか見れない」

すでに手嶋は好意を伝えたあとのようだ。あさひが困り気味に、だがきっぱりと首を横に振る。

当然だろう、と凌士は胸を撫で下ろした。しかし胃のむかつきは収まらない。

一瞬であっても、また、それがたとえ拒否のためでも、あさひがほかの男のことを真剣に考えるのが、我慢ならない。

（大人げないか？　しかし……）

気がついたときには足が動いていた。

「お疲れ。ふたりとも、ここで会うのは珍しいな」

凌士はつかつかとふたりに近付くと、何食わぬ顔でふたりの話を切り上げさせる。

そうしながら、あさひへのプロポーズの段取りを考え始めていた。

＊

凌士が手嶋に三人分のテイクアウトコーヒーを持たせ、先にフロアへ戻らせる。

おなじく凌士の指示で、別の階にある広報部に立ち寄るべくエレベーターを降りたあさひは、凌士も続いて降りたのに首をかしげた。

「手嶋に告られたか」

疑問を口にするまもなく、隣を歩く凌士に耳打ちされる。

（聞かれてたんだ……！）

あさひはどきりとして、周囲を見回した。始業ぎりぎりに出勤する社員の慌ただしい音に紛れたらしく、さいわい話を聞かれた様子はない。

それでもつい、声をひそめる。

「でも、お断りしましたから！　好かれるのはありがたいですけど、あの話はあれで終わりです。手嶋くんも、わかってくれたはず」

「どうだかな」

凌士が不審をあらわにする。いつになく不機嫌だった。

「万が一、しつこくつきまとわれるようなら、俺と付き合っていると言え」

「大丈夫ですよ。それに、もしそうなったとしても……言いません。凌士さんの迷惑になります」

過去の恋愛を思い出す。あのとき、あさひは『バレると周りがやりにくくなるから』と職場恋愛について口止めされた。

相手が凌士では、バレたときの迷惑は多大なものになるだろう。

あさひがかぶりを振ると、凌士がまた耳打ちした。

「覚えておけ。あさひに関してなら、ひとつも迷惑じゃない。いざとなったら俺の名前を出せ。ところで、今夜……いや、今夜は会食があるか。明日の夜、時間を空けてくれるか。大事な話がある」

「なんですか?」

「詳しくは明日な。……ああ、もう席に戻っていいぞ。広報の件は手嶋を引き離すための方便だ。俺は時間を空けて戻る」

じゃあな、と凌士がセキュリティーのかかったエリアへ足を向ける。凌士は、実際にこの階に用があるのかもしれない。

あさひは、凌士の背中に向かってお辞儀をして、エレベーターホールへと引き返した。

(大事な話ってなにかな……)

手嶋の話どころじゃない。

職場のある階でエレベーターを降りてからも、凌士のことばかり考えてしまう。

そのせいだろう、あさひはふいに耳に届いた「統括が」の言葉に、給湯室の前で足を止めた。

それとなく給湯室の中を覗くと、女子社員ふたりがお茶出しの用意をしていた。

「──広報にいる同期の子に聞いたけど、今度、対談するんだって！」

続いて対談相手として挙げられた有名な女子アナの名前に、あさひは思わず自分も用があるふりをして中に入った。

女子社員はあさひに目礼すると、話の続きに興じる。あさひは吊り戸棚を意味もなく開けつつ、耳をそばだてた。

「超美人じゃん！　しかも男性が選ぶ好感度ナンバーワン、じゃなかった？　統括だって俳優もかすむイケメンだし、これをきっかけにお付き合いが始まったりして？」

「ありえる。しかも彼女の実家、相当なお金持ちなんでしょ？　ますますお似合いじゃない？　推せる。碓井さんもそう思いません？」

髪をうなじでシニヨンにしたほうの女性に話を振られ、あさひはとっさに棚の中のコーヒーカップを下ろす。カップをシンクの横の作業台に置く手が震えた。

「統括って……如月統括のこと？」

ぎくしゃくと訊き返すと、ロングの髪をストレートにしたほうの女子社員が、指で髪をくるくると遊ばせながら笑う。

「ほかにいるわけないじゃないですか。アナウンサーなら才女だし、美人で家柄もいいなんて相手として完璧だと思いませんか？」

「う……ん」

否応なしに声が沈む。あさひはたまらず、コーヒーカップに目を落とす。

もしもこれが、あさひへの悪意をこめた意見だったら、凌士は条件で女性を選ぶひとじゃないと言い返したかもしれない。

けれど、完全に外野から見た純粋な感想だったからこそ、その女子アナと凌士が並ぶ姿がすんなりと想像できてしまった。

凌士が女子アナと親しくなるかどうかは抜きにしても、完璧だと思ってしまう。

「ですよねー！　女子アナくらいでないと統括には釣り合わないっていうか。あ、お客様はおひとりですか？　コーヒー多めに作っちゃったんで、一緒に淹《い》れますよ」

シニヨン女子が、あさひの返事を待たずにカップへコーヒーを注いでくれる。

善意からの行為だとわかるからこそ、よけいに打ちのめされてしまう。

「わかってましたけど、統括ってしょせん私たちとは世界が違うひとですよねー。ここだけの話、購買部の子が統括を狙ってたらしいですけど、そりゃお呼びじゃないっていう。こうなったら、ぜったいその女子アナとくっついてほしい」

あさひの顔が曇ったのには気づかない様子で、ふたりがきゃあっと歓声をあげる。その勢いのままコーヒーの用意を終えると、給湯室を出ていった。

成り行きで淹れてもらったコーヒーの水面が、ざわりと揺れる。まるであさひの心の内を映したみたいだ。

（凌士さんと釣り合いが取れる女性……）

明日の〝大事な話〟を聞くのが怖くなる。

あさひはしばらくその水面を見おろしたまま、動けなかった。

【出入り口の近くに車を回しておく】

定時直後に受け取った通知をタップすると、凌士からメッセージがきていた。

当の凌士の席は空で、カレンダーアプリによると出先だ。

いよいよだと、心臓が早鐘を打つ。いったいなんだろう。嫌な予感ばかりが頭をよぎる。昨日、大事な話があると言われてから、あさひはずっと落ち着かなかった。

パソコンの電源を切ると、手嶋が見計らったように向かいから顔を覗かせる。

「碓井チーフ、上がりですか？　奇遇ですね、俺も終わったとこなんです。飲み、行きましょうよ」

「えっ……行かないよ」

あさひは困惑して肩をすくめる。手嶋からの告白を断ったのは、つい昨日だ。

「でも一緒に過ごすうちに見方が変わることって、あると思うんですよね」

見方。部下としてではなく、という意味だろう。

「そうかもしれない。でもわたしの気持ちは変わらないよ。……好きなひとがいるの」

「そのピアスを贈った男？　付き合ってるんですか」

目ざとい。あさひは右耳に手をやりながら、うなずいた。相手を尋ねられたらどう答えようかと逡巡《しゅんじゅん》する。

けれど手嶋は追及せず、平然と笑って続けた。

「わかりました。今日は引き下がります。でも俺、諦めませんから。覚えていてくださいね」

「っ……、とにかく、今日はもう上がるから。お疲れさま」

凌士のストレートな強引さとは、また種類の違う強引さだ。こちらの意思が通じない感じというのだろうか。

少々苦手に感じてしまい、あさひは逃げるようにオフィスをあとにした。

そうでなくても、給湯室で聞いた話が頭から離れなくて、息が浅くなる。

ビルを出て凌士の車を目で探す。と、路肩に停まっていたハイヤーから運転手が降りてきて目礼された。

「どうぞ。ご案内いたします。凌士様は先にお待ちです」

「どこへ……?」

声を上ずらせると、運転手が場所を告げる。凌士を名前で呼ぶということは、如月家のお抱え運転手だろうか。

事態をのみこめずにいると、オーベルジュだと言い添えられた。

(宿泊施設を備えたレストラン……だっけ?)

聞きかじりで得た知識を引っ張り出すも、いよいよわけがわからない。

あさひはハイヤーの後部座席で小さくなりながら、職場では滅多に履かないフレアスカートの裾の皺を伸ばす。

ハイヤーは三十分ほど郊外を走ると、大人の隠れ家めいた店の前で停まった。

「凌士様からこちらを預かっております」

今どきでは逆にレトロな真鍮《しんちゅう》製《せい》の鍵を渡される。

困惑するあさひに、運転手がオーベルジュの扉を指した。その鍵穴に差しこめということらしい。

おそるおそる鍵を差しこむと、鍵を回す前に扉が内側からゆっくりと開いた。

「碓井あさひ様ですね？　いらっしゃいませ、お待ちしておりました。どうぞ」

黒の制服をぴしりと着こなした男性スタッフに出迎えられ、広々としたエントランスに足を踏み入れる。シャンデリアの光と、磨き上げられた大理石の床に反射された光に包まれ、あさひは目を細めた。

瀟洒《しょうしゃ》な内装は、ヨーロッパのハイクラスなホテルを思わせる。

そこは一日一組だけが利用できる、会員制のオーベルジュだった。

スタッフの案内で二階へと続く白いらせん階段を歩く。

仕事用に履いたベージュのパンプスは、いつのまにか小指の付け根あたりが黒ずんでいた。飾り気のないニットとスカートのコーディネートも、この場ではくすんで見えてしまう。まるで場違いだ。

あさひが気後れしていると、階段を上がった先の小部屋に通された。

まず目に留まったのは、右側の壁を半分ほど覆った鏡。そして、左側にはまだタグがつけられたドレスの数々。

（めまいがしそう。なんなの、いったい……⁉）

混乱するあさひに続いて、女性スタッフがやってきた。柔和な表情で、どれでも好きなものに着替えるように言う。

「待ってください！　なにがなんだか……こんな素敵なお洋服を買う手持ちもありませんし」

「すべて如月様に申しつかっております。『遠慮するだろうから、強引にでも着飾らせてくれ』と」

「見透かされてる……」

これだけしてもらっておいて、厚意を断れば逆に失礼だ。

あさひは腹をくくると、小さく微笑んだ女性スタッフに任せる。

白い肌に映えるブルーのカクテルドレスに着替えると、スタッフが髪も整えてくれた。

さっきから心がここにないみたいな気分だ。

ふたたび男性スタッフの先導で、あさひは二階の奥のレストランに足を踏み入れた。

一席しかないテーブルに腰かけていた凌士が振り返り、目をみはった。

「……綺麗だ」

凌士があさひのもとにやってくる。あさひは頬を染めて凌士を見上げた。

「凌士さん。ありがとうございます……！　どこかのご令嬢に変身した気分です。心がふわふわしてます」

着替えたあとで、ドレスは凌士からのプレゼントだと聞かされた。

タグもとっくに取られていた。あさひが返そうとするのを見越していたのだろう。

さりげない贈りかたに、凌士は洗練された大人の男性なのだとあらためて思う。

「素直に歓ばれるのは、俺としても尽くしがいがある」

「尽く……っ!?　でもあの、これはいったい……」

「話はあとだ。まずは食事にしよう」

腰を引き寄せられ、あさひはおずおずとテーブルにつく。

真っ赤なソールが艶っぽい、七センチヒールのパンプスは驚くほど足になじんだが、気持ちがまだこの場になじまない。

（でも、こんなの子どものころに見た夢みたい）

会話を邪魔しないひそやかな音楽を耳にしながら、シェフが腕を振るったフランス料理を堪能する。

和の食材をフレンチにアレンジした料理は、前菜からメイン、そしてデザートまで文句のつけようもないものばかりだ。

このときばかりは、あさひも給湯室での話のことは忘れていられた。

食後の紅茶でひと息つくと、凌士が居住まいを正す。凌士は前置きもなく切り出した。

「あさひ、結婚しよう」

「……はい？」

とっさには言われた意味がわからず、間の抜けた声が出る。

あさひは目をしばたたき、視線をさまよわせた。

天井から吊るされた、小ぶりのシャンデリア。壁際にもおなじ素材のライトが取りつけられ、やわらかな光を放っている。

隣のコンソールテーブルには、両手でも抱えられない大きさの花瓶に生けられた花々が、空間に華やぎを添えている。

一方、部屋の奥には無数のボトルを並べたバーカウンター。今はふたりを邪魔しないという配慮のおかげか無人だ。

（ここで結婚パーティーもできそう……け、結婚……っ？）

放心したようにそれらを眺め、視線を凌士に戻す。凌士の視線はあさひに固定されたままだった。

　にわかに喉の渇きを覚え、あさひは紅茶をぐっと飲み干す。とたんにむせてしまい咳《せ》きこんだ。

　大丈夫かと気遣う凌士にうなずくが、心臓の音が鼓膜をも突き破りそうだ。

「……凌士さん、なにがあったんですか？」

「なぜ？　結婚は早ければ早いほうがいいだろう」

「ほ、本気ですか？」

「まったくもって本気だ。今日は体調もいい、思考もクリアだ」

「で、でもですね」

　あたふたとなにか言おうとするあさひと反対に、凌士はいたって余裕そうにコーヒーを口に運ぶ。

「それで、返事を聞きたいんだが」

「ま……待ってください。突然で、頭が追いつきません」

　かろうじて言うと、初めて凌士が眉をひそめる。

　しかしそれもわずかな時間のことで、凌士はまた自信に満ちた顔で思い出したように言った。

「わかった、続きは部屋に場所を移すか。今夜はこのまま、ここに泊まればいい。明日は早出になるが……悪いな。せめて金曜日まで待つべきだったんだろうが、一日も早く話をしたかった」

「まっ、待ってください！　今日は家に……帰らせてください。こんなお話だなんて……ひとりで落ち着いて考えさせてください……」

こんな非日常な場所にいたら、頭が真っ白なまま、冷静になれない。

（すごく、嬉しいのに……。こんな風にわたしを喜ばせてくれて、わたしのことだけを考えて求めてくれて、嬉しくないわけ、ないのに）

だけど、心のどこかにブレーキがかかってしまう。

凌士が事実として雲の上の存在であること、付き合ってまもないこと。

――釣り合いの取れる相手。

それらが胸をかき乱してしまう。

あさひはぎくしゃくと頭を下げる。凌士の顔は見られなかった。

凌士が１ＤＫの小さなキッチンのシンクに尻をもたせかけ、腕を組む。

鋭い視線が貼りつくせいで、あさひは肩を強張らせてコップを洗う。そうしないと間が持たない。

ひとりになって冷静さを取り戻したかったのに、凌士もあさひの家までついてきたのだ。

「凌士さん、せめてソファに座っていただけますか？　とても落ち着かないのですが」

「いつになれば落ち着くんだ？」

「だから、ひとりで考えさせてって言ったのに……。っ！」

コップを落としそうになるのを、あさひはすんでのところでつかんだ。

（凌士さんがいる限り、ちっとも落ち着けそうにないんだけど……！）

エアコンを入れたばかりであたたまりきっていない部屋で、あさひはふるりと体を震わせる。

防寒のために羽織った地味なカーディガンは、華やかなカクテルドレスとちぐはぐだ。そのことも、落ち着かなさを助長させる。

「なにが気に入らない？　俺と一緒になるのが嫌か？」

「まさか！　凌士さんを好きですし、一緒にいたいと思ってます。でもそれとこれとは話が違……」

「なにが違うんだ」

「や、だって急すぎます！」

「こういうのはスピード命だからな。ぐずぐずして逃したくはない」

「商談と一緒にしないでください！」

組んでいた腕をほどいた凌士が、あさひをうしろから抱きしめる。あさひは凌士の腕の中で身をすくめた。

凌士はあさひの手からコップとスポンジを取り上げると、手早く泡を洗い流す。シンクに置いたほかの食器も次々に洗っていく。

「やはり、あっちに泊まればよかった。ここは気分がよくない」

唐突な話にあさひが首をかしげると、凌士はあさひの手についた泡も洗い流し、手を絡めてきた。

「このコップ、前の男も触ったのか？　いっそ、ここは引き払って俺の部屋へ来い。籍も早急に入れよう」

「そんなの、もう終わったことで」

「だが、未練があるんだろう？　だからうなずかない」

「違います！　わたしには凌士さんしかいません。ほんとうに」

あさひは声を上ずらせてかぶりを振る。

部屋ごと変えるのはお金の問題で諦めたけれど、もともと多くなかった思い出の品はすべて捨てた。凌士のおかげで、立ち直れたのだ。

訴えると、ややあってから凌士の目から険しさが抜けた。くしゃりと頭をかく。

「悪い、焦った」

「凌士さんが？　どうして……」

いつも余裕たっぷりなのに。凌士さんらしくない、という言葉をあさひはのみこむ。

凌士は返事の代わりに「悪い」と繰り返すと、表情を切り替えた。

「いつなら、結論が出る？」

「そんなの……わかりません。とにかく混乱してて……付き合い始めたばかりなのに」

「……わかった。なら、待つか」

凌士がその目から、焦燥を消す。

代わりに決然とした表情からは、覚悟を決めた様子が伝わってきた。

「ただし、それまで会わないつもりなら、却下だ」

力強くもやわらいだ表情で見つめられ、あさひは無意識につめていた息をそっと吐いた。

「ありがとうございます。わたしも、凌士さんに会えないのは嫌です。今日だって、やっぱり……このままお別れするのも寂しいですし」

混乱は収まらないけれど、結婚は別として気持ちが離れたわけじゃない。

「俺のほうがそう思っている。あさひ、今夜は俺の部屋へ来い」

凌士が口の端を上げて、あさひに荷物を持ってくるよう促す。

あさひは胸がきゅうっと鳴るのを感じながら急いで支度を済ませ、玄関で待つ凌士のもとに取って返した。

# 五章　シンプルな本心

如月家にとって、クリスマスは子どもたちを祝う日だという。あさひがその意味を知ったのは、クリスマス当日だった。

「デートできなくて悪かった」

「とんでもないです！　みんなキラキラしてて、わたしも初心に返る大切さをあらためて知りました」

ひとの捌《は》けた授賞式の会場で頭を下げた凌士に、あさひは笑顔でかぶりを振る。

如月モビリティーズでは、子どもたちを対象にした絵画コンクールを毎年開催している。未来を担う子どもたちを支援する、社会貢献活動の一環だ。

お題は『未来を、動こう』――子どもたちが考える未来とそこに登場する移動手段。移動手段は、車に限らなくてもいい。〝走る〟ではなく〝動く〟としたのも、広い視点でのびのびと描いてほしいからだという。

ともあれ、クリスマスの今日はその授賞式が執り行われ、社長の代理で凌士が出席したのだった。

あさひも列席者の親子にまじって、会場となったホテルの後方で授賞式に参加させてもらった。

このあとは、受賞作が展示されたバンケットルームでのパーティーが予定されている。受賞者たちは皆、すでにそちらへ移動していた。

「スライドで紹介された絵、夢がありましたね。どれも、わたしには思いもよらない発想でした」

ただただシンプルに伸びやかに、心のまま思い描いた夢を画用紙に乗せる。

特に低学年はそれが顕著で、あさひには眩しかった。

「楽しんだならよかった。俺も毎年、けっこう楽しみにしててな。悪いとは思ったが……」

「いえ、呼んでいただきありがとうございました」

あさひは普段よりドレッシーなデザインのスーツ姿でお辞儀をした。おなじくスーツ姿の凌士が笑みを返し、あさひの背に手を添える。

こういう場に出ると、あらためて大企業を背負う凌士の立場と責任を思い知らされる。

思わず唇を引き結べば、先日の給湯室での会話が頭によみがえった。

（そうよ、だから凌士さんには釣り合うひとがいくらでもいて……）

家柄、容姿、知性。そのどれも、あさひは凌士に見合うほどのものを持っていない。

平凡な一社員。

凌士の補佐という名目のため、今日はあさひも会社のネームカードを首から提げている。ふたりで歩いていても不自然に思われることはない。

けれど、それはあさひが社員だからだ。これが、伴侶となると周りの目も変わるだろう。

自分を卑下しているわけじゃなくて、単純な事実だ。

それに引き換え、凌士は如月モビリティーズの次期社長。

会社や家族のことを考えれば、勢いだけで結婚を決めていいはずがないと思う。

凌士も時間が経てば考え直すのではないか。

（やだ、痛いな……）

あさひは胸を押さえる。

心のまま未来を描く子どもたちだけじゃない。その子どもたちの未来へ貢献するために堂々と立つ凌士も、あさひには遠く眩しい光に思える。

あさひは凌士とバンケットルームへ移動し、引き続きパーティーにも参加した。

パーティーはゲストが子どもだということもあって、堅苦しさはなく、言ってしまえばファミレスのような賑やかさだ。

あさひはジュースの入ったグラスを片手に、その様子を隅で微笑ましく眺める。

挨拶の波が落ち着いたのか、凌士がこちらへやってくる。あさひは声をかけようとしたが、その直前に男の子が凌士のスーツの裾を引っ張った。

「おじさん、僕の絵に賞をくれてありがとう。おじさんはサンタさんなの？」

低学年の部で、社長賞を受賞していた男の子だ。凌士が男の子の目の高さに体を屈めた。

「そうだな、君たちのサンタになれたなら嬉しい。応募してくれて感謝する」

堅苦しい口調に、あさひはこっそり破顔した。凌士は子どもと接するのに慣れていないのかもしれない。

「へへっ。ほんとはあれ、アオイちゃんのために描いたの」

男の子が凌士の耳元に手を添えて言う。男同士の秘密の話かもしれないが、子ども特有の高い声のおかげであさひにも聞こえた。

「友達か？」

「ううん、ケッコンの約束をしてるんだ」

予想外に大人びた返答に、あさひは思わず『まだ小学生じゃ……！』と叫びそうになる。

だがそんなあさひの視線の先で、凌士は笑ったり馬鹿にしたりせず真剣な顔でうなずく。

「そうか。じゃあ彼女も喜ぶな。あの絵のような未来を、彼女に作ってやれ」

「うん！」

凌士が笑って男の子の頭をくしゃりと撫でる。

慣れないだけで、子どもが苦手ではなさそうだ。むしろ、対等な存在として接していて。

（あ……なんか、いいな）

一瞬、凌士が自分の子を可愛がる姿が鮮明に浮かび上がり、あさひは顔を赤らめた。

会社を背負う企業人としての姿と、家族を大切にするだろう父親の姿と。

両方を見せられて、心がぐらぐらと揺れる。

（凌士さんが好き。一緒にいたい。でもわたしじゃ、凌士さんのためにならなくて……）

男の子は、あさひの内心を笑い飛ばすような元気な声を残して、ぱたぱたと両親のもとに帰っていった。

夜の七時前の空は乾いた空気のおかげなのか透き通っていて、ぽつぽつと星が散っている。

クリスマスイブの盛り上がりに比べて、クリスマスの夜は静かだと思うのはあさひだけだろうか。

「凌士さん、子どもに懐かれていましたね」

あれからも、凌士はなにかと子どもたちから話しかけられていた。どれも微笑ましい光景だった。

「愛想よくしているつもりはないんだが。どう接するべきか毎年考える」

真顔での返答にくすくすとあさひが笑うと、凌士があさひの手を握る。

「子育てはあさひに指南してもらうか」

あさひは困惑に眉を下げ、隣を歩く凌士を見上げた。

「結婚の話はまだ……。頭の整理をするまで、待ってくださるはずじゃなかったんですか？」

「返事は待つ。だがそのあいだ、なにもしないとは言ってない。あさひを落とさなければならないからな」

「そんな！」

「検討するための材料は必要だろう。まずは、俺との結婚があさひにとっていかにメリットがあるか、だな。とにかく聞け」

凌士は雑踏を歩きながら、一歩も引かなそうな自信に満ちた声で続ける。

心持ち、手を繋ぐ力が強くなった。

「まず、俺と結婚すれば経済的な不自由は味わわせないと約束できる。それから、結婚して家庭に入るのも仕事を続けるのも、あさひの自由にしていい。難癖《なんくせ》をつける親族は出るかもしれないが、しょせん外野だ。俺が黙らせるから心配するな。子どもも、あさひが嫌なら無理に作らなくてもいい」

子どもに囲まれていた凌士を思い返し、気づけばあさひは疑問を口にしていた。

さっさと話を進めていく凌士に、困惑は消えないものの。

「跡取りを期待されないんですか？」

「否定はしない。俺の両親も、跡取りをもうける前提での見合い結婚だからな。母親にはそれなりにプレッシャーがあったかもしれない。だが、少なくとも両親は俺の意思を尊重してくれている。弟もいるしな。どちらかに子ができればいいと思っているのだろう」

「そういえば、凌士さんと弟さんを連れて、ご両親が定食屋さんで集合するときもあったとおっしゃっていましたね。弟さんはおいくつですか？」

初めて定食屋に連れていかれたときだ。凌士がさらりと家の話をしてくれたのにも、内心驚いたのを覚えている。

「よく覚えているな。弟は四つ下だ。家ではほとんどふたりきりだったから、兄弟仲はいいぞ。気の優しいやつだ。今はヨーロッパのグループ会社に出向している。今年のクリスマス休暇は恋人の家族に会うらしくて、日本には帰らないが……機会があれば会ってくれ」

「ぜひ。楽しみです。わたしはひとりっ子なので、兄弟がいるのが羨《うらや》ましいです」

「結婚したら義弟ができるぞ」

凌士がすかさず言う。どうだ、メリットがあるだろうという、心の声が聞こえてきそうだ。返す言葉に困る。

繋いだ手ごと、凌士が自身のコートのポケットに入れる。そのぬくもりに胸がきゅうっとする。

「両親はエネルギッシュなひとたちでな、嫁になにかさせようとは思わない人種だから安心しろ。デメリットは、公人としての活動でプライベートを制限されがちだという点と……」

「――凌士くんじゃないか」

凌士の声に被せるように嗄《しわが》れた声がして、あさひたちは足を止めた。

「奇遇だなあ。お父上は相変わらずかい？」

いかにも好々爺《こうこうや》といった雰囲気の男性が、雑踏をかき分けてやってくる。凌士が挨拶を返し、あさひも隣で目礼する。

老爺はあさひには一瞥もくれなかった。

「凌士くんもすっかり企業の顔といった風情じゃないか。これはいつでも代替わりできそうだな」

「まだまだ若輩者ですよ。これからも先生のご指導が必要です」

「ああ、いつでも来たまえ。君なら大歓迎だよ」

凌士が「昔から懇意にしていただいている代議士先生だ」とあさひに素早く耳打ちする。あさひははっと姿勢を正した。

代議士は、最近の政財界について自身の鬱憤をぶつけ始める。あさひはしばらく、相づちを打つ凌士の隣で所在なく立っていたが、ふいに凌士の手が離れた。

凌士は如才なく代議士の相手をしながらも、手振りで『離れていい』と伝えてくる。

けれど、あさひは少し考えてその場にとどまった。

気づいた凌士が、先ほどより強くあさひの手を握る。

その振る舞いで、ようやく代議士があさひに目を向けた。舐めるような視線に体が硬くなりかけたが、あさひは微笑んで会釈をした。

「凌士くんのオトモダチかね？」

ねっとりした口調だ。

「はは、先生のお心に留めておいてください。なんとか、俺のものになってもらおうと追いかけているところですので」

凌士が言いながら、さりげなくあさひを背後に庇《かば》う。

あえて紹介しないのは、あさひの負担を考えてくれたからだとわかった。

「そんなことを言っても、君ならどんな美人でもハエのように寄ってくるだろうから、気をつけるんだよ」

あさひが顔をひきつらせるより早く、凌士が一歩前に出た。

それまでの当たりのよさが嘘のように、冷ややかな顔だった。

「彼女への中傷はお控えいただきたい。場合によっては先生とのご縁も考えさせていただくほど、大事な女性です」

「これはまいったな、いやあ、凌士くんににらまれると怖いよ」

形ばかり謝ると、彼は「お父上にもよろしく」と悪びれた様子もなく去っていった。

「悪い。不快にさせた。ああいう人間は、二度とあさひに近付けない」

「そんなわけにもいかないでしょう？　わたしは気にしていませんから、凌士さんも気にしないでください」

「いや、気にするなというほうが無理だ。俺と結婚すれば、この先あの手の連中とも嫌でも関わる機会が増える。連中はなまじ権力を持つだけに、弱い人間に悪意を向けることにためらいがない」

「だから、わたしを遠ざけようとされたんですね」

凌士が顔を歪め、あさひの手をきつく握り直した。

「先に注意しておけばよかったな。次からは、俺からすぐ離れてくれていい」

「そんなことをしたら、凌士さんの心証が悪くなります」

「俺は別にいい、慣れてる。それより、今の一件で結婚を拒まれるほうがキツいな。ああいうデメリットは、俺が退ける。だからこれだけで判断しないでくれ」

歩道の真ん中で立ち止まり、凌士が珍しく弱った声でうなだれる。

あさひとの結婚のことで凌士が弱気になるのが意外で、あさひは繋いだ手にもう一方の手を重ね、軽くぽんと叩いた。

「……凌士さん、コーヒー飲みませんか？　冷えてきちゃいました」

イブではなくとも、クリスマスの夜の店はどこもそれなりに混んでいた。凌士の部屋へ行くことも考えたけれど、明日も仕事だ。

あさひたちは最初の二軒を満席で諦めた。レトロといえば聞こえのよい、だが実態は時代に取り残されたかのような趣《おもむき》の喫茶店に入る。

老いたマスターひとりが佇むカウンターでは、使いこまれたサイフォンがいい音を立てている。コーヒーにこだわりがあるらしい。

その隣には小さなクリスマスツリーが飾られ、あさひはほっこりして笑みを漏らした。

凌士がアイスコーヒーを、あさひはカプチーノを注文して、さっそく切り出す。

「さっきの話。わたしからも質問していいですか？　これまでずっと、凌士さんはわたしのメリットばかり考えてくださっていたでしょう。でも凌士さんには、わたしとの結婚にどんなメリットがありますか？　わたしはごく平凡な家庭に生まれた、一般社員です。……とてもじゃないですが、凌士さんに釣り合いません」

「釣り合い？」

凌士の声が尖《とが》った。

「卑下してるわけじゃないんです。わたしは家族が好きですし、凌士さんの下で働かせてもらっていることも光栄に思っています。ただ、凌士さんの隣に並ぶことを思うと……」

「覚えているか？　御曹司のフィルター越しに見ていたと、俺に謝っただろう。今も変わらないのか」

「覚えてます。ドライブに連れていっていただいたときですよね。でも、いくらわたしがフィルターを取り払って凌士さんを見ても、周りはそうはいきません。わたしが隣にいれば、わたしを選んだ凌士さんの印象まで悪くなる」

「俺は俺だ。誰の印象にも左右されない。よけいなことで心を惑わせるな」

「よけいなことなんかじゃ……っ」

なおも言い募ろうとしたあさひを、凌士が遮る。

「俺のメリットを言おう。結婚すれば、形の上でもあさひを俺のものにできる」

あさひは首をかしげたが、凌士は続けた。

「今は、俺はどう足掻いてもあさひの〝外側〟の人間だ。だが、結婚すればあさひの身内になれる。身内になれば、あさひになにかあったとき、今よりそばでなんとかしてやれる。出会ったときのようにそばにいてやれる偶然が、この先に何度もあるとは限らないからな」

あさひは思わず、運ばれてきたカプチーノのカップに目を落とした。両手でそっと包んだけれど、口をつけられない。

ぬくもりだけが伝わってくる。

「それが最大のメリットだ。俺はあさひを、手元で守ってやりたい」

きっぱりとした返事だった。

勢いだとか、時間が経てば考え直すはずだとか、ちらっとでも考えたのが申し訳なくて、目の奥がつんとする。

（凌士さんは、そこまで考えてくれてるんだ……）

あさひは弱く笑った。

「だからって、もう結婚なんですか……凌士さんの思いきりがよすぎて、驚いちゃいます」

前の恋が終わったあと、あさひは凌士に口説かれても戸惑いしかなかった。応じることへの怯《おび》えのほうが大きかった。

景の不実にあれほどショックを受けたくせに、さほど時間の経たないうちに心変わりした自分へのうしろめたさだって、ないとはいえなかった。

凌士に傾いていく心の変化が怖かった。

それでもやっとそれらを含めて、自分の気持ちを受け入れたところなのだ。

「思いきるほどのことじゃない。そうしたいと思ったから行動する」

はからずも、前に絵美が話していた〝猛禽類〟という言葉を思い出す。

まったくその通りだ。スピード感からして、凌士とあさひではまるで違う。

ひょっとして、ガラス細工の工房で出会った女性も、付き合いたてでプロポーズされたときはこんな気分だったのだろうか。

「迷いは？」

「あるはずないだろう。俺には、あさひ以外は考えられない」

ふたたびきっぱりとした答えが返ってきて、あさひは感心しつつもため息をこぼした。

凌士は強い。自身の選択になんの迷いもブレもない。弱気になるのは、あさひを傷つけたのではないかと思うときだけ。

あさひは凌士から目を逸らしてカプチーノを口に運ぶ。

ふわふわのミルクが乗ったカプチーノは優しい味がして、あさひは心がほぐれる思いで正直な気持ちを口にした。

「わたしは、迷ってばかりで」

「知ってる」

「今だって、凌士さんの気持ちが嬉しいのに、素直にうなずけないんです」

カウンターの下で、膝に置いたあさひの手に凌士の手が触れる。

驚いて凌士のほうを見れば、凌士は平然とアイスコーヒーを飲みながら手を深く絡めてくる。

コーヒーカップを持ったあとのあさひの手より、わずかに温度の低いその手。でも大きくて包みこまれる。

好きだとあらためて思う。

それでもやっぱり、胸に引っかかるものがある。それは、スピード感の違いばかりが原因でもない気がする。

こんなとき、子どもみたいに〝好き〟という気持ちだけで動けたら、答えもすぐに出たのだろうか。目を輝かせていた、授賞式での子どもたちのように。

大人になると、あれもこれも考えてしまう。立場やふたりの事情や、この先も続く現実なんかを。

そのせいで、前へ出そうとする足がすくむ。

「納得いくまで考えてろ。待ってる」

「……はい。メリー・クリスマス、凌士さん。今日を一緒に過ごせて、嬉しいです」

マスターが売れ残りのケーキを出してくれる。あさひはありがたく受け取った。

凌士とふたり、サンタクロースの砂糖菓子が乗ったショートケーキをシェアする。

子どものころのクリスマスを思い出す、懐かしい味がする。あさひは砂糖菓子をフォークでつついた。

「サンタを待っていたころから……わたしたち、だいぶ大人になっちゃいましたね」

「大人になったから、サンタにもなれるし恋人と将来の話もできる。いい夜だな」

マスターの目を盗んで凌士が溶けそうに甘いキスを仕掛けてくる。

あさひは結局、誘われるまま凌士の家で夜を過ごした。

＊

仕事初めの定型挨拶が一段落しても、フロアにはまだどことなく浮ついた雰囲気が漂う。

社員が正月休みをどう過ごしていたか、あちらこちらで雑談が交わされる。出払っているのは、営業部くらいだ。年始の挨拶回りだろう。

凌士は休みのあいだに溜まったメールを処理しながら、それとなくあさひの席へ視線を飛ばす。

「チーフ、すみませんでした。これくらいなら、わざわざチーフの承認をもらわなくていいかと思って……」

うなだれる手嶋を、あさひが落ち着いた表情でなだめていた。おそらく、企画部長から報告を受けたばかりの件だ。

手嶋が、取引先からの問い合わせに、まだ社内承認も得られていない資料に沿った数字を回答した。しかしその数字には大きなミスがあったのだった。取引先からのクレームで発覚した。

「手嶋くんが優秀なのは、わたしもよく知ってる。お客様に訊かれて、自分がその回答を持っていれば、応じたくなる気持ちもわかる。……ひょっとして前にもおなじこと、してた?」

「……すみません」

手嶋があさひの隣で身を固くする。

「次からは必ずわたしか、部長の承認を得てからにしてね。うちの部が扱う内容は、社外秘どころか部外秘のものもあるから」

手嶋が身を縮めて謝罪を繰り返す。手嶋としては、好いた女の前で格好つけたい気持ちもあったのだろう。逆効果になったわけだが。

同情もないではないが、社会人としてスタンドプレーはいただけない。あさひが手嶋に懸命になるのもいただけない。

「――統括、問題点でもありましたか?」

顔を上げると、他部署の部長が凌士の顔色をうかがっていた。凌士は彼が提出した手元の資料にふたたび目を落とす。

「いや、特にない」

「そうですか。最近の統括は丸くなったと噂していただけに、今日は久々に吊るし上げられるのかと構えてしまいましたよ。では別件で気がかりでも?」

「……いや。そんな顔をしていたか。気をつける」

資料を部長に戻して下がらせ、凌士もパソコンに目を戻す。ちょうど昼休憩の時間になり、大多数の人間がぞろぞろと連れ立った。

しかし、あさひは手嶋が休憩に出てからも、立ち上がる様子がない。

凌士も仕事をしながら、その様子に目を配る。

しばらくしてあさひが席を立つのが目に入り、凌士も立ち上がった。

あさひが今にも泣くのではないかと思ったのだ。

＊

オフィスは三十階にあるが、社員専用のカフェテリアは十階にある。

あさひが昼休憩を取りに向かったのは、先発で休憩に入った社員が戻ってくるころだった。カフェテリアはおなじビルに勤務するグループ会社とも共用のため、ピーク時の混雑を緩和するために、昼休憩の時間は会社や部署によっても違うのだ。

下りのエレベーターを利用するのは、あさひともうひとりの男性社員だけらしい。

到着したエレベーターに先に乗りこみ、開のボタンを押していたあさひは、男性社員のうしろから姿を現した凌士に目をみはった。

「……あけましておめでとうございます。統括も今からお昼ですか？」

「ああ、碓井もか」

ほかの社員もいる手前、プライベートな話題は出せない。

あさひは自分のうしろに立つ凌士に少しの居心地の悪さを覚えながらも、それきり口をつぐんだ。

十階でもうひとりの社員が降りる。あさひは開ボタンを押して凌士が降りるのを待ったが、凌士はあさひに扉を閉めさせると一階を押した。

ふたりきり。

「もしかして、お昼ご一緒できますか？」

外でなら場所さえ選べば、一緒にいるところを見られる心配は少ない。凌士は「ああ」と首肯すると、頭を屈めた。

「顔色が冴《さ》えないな」

「えっ、そうですか？　お正月休みでたっぷり休養しましたよ。今日からまたもりもり働きます」

「俺の前で隠すな。手嶋の件か」

「……見ておられたんですか」

あさひはカラ元気を消してうなだれた。

直接的には手嶋のミスとはいえ、彼に『これくらいならひとりで』と思わせてしまったのは、あさひの指導不足も原因だろう。

(もっとわたしが、上司として日ごろから注意していれば)

唇を噛む。

あさひが〝頼れる上司〟であれば、手嶋はひとりで突っ走らなかったはずだった。

(こんな情けない姿を、凌士さんに見られたなんて)

部下のひとりも満足に使えないチーフだと思われるのはこたえる。

顔を上げられないでいると、頭にぽんと節ばった手が置かれた。その手がするりと髪を撫で、耳朶に触れる。

「手嶋の手綱を握るのは、難しいか」

「……は、い」

「だが、俺は碓井ならできると思ってる」

はっとして顔を上げたあさひは、エレベーターの停止を告げる電子音に我に返った。

体を離すと同時に、三階でエレベーターが開く。外に昼食をとりに行くのだろう、別会社の社員が一気に乗ってくる。

あさひは凌士に腰を引き寄せられた。

（きゃ……っ、びっくり、した）

思わず口走りそうになるのをこらえ、あさひは凌士とともに壁際まで下がる。

脈が一気に速くなる。手は腰に添えられたままで、頬も熱くなった。

しかしあさひが口を開く前に、凌士はスーツの内ポケットから社用のスマホを取り出した。着信があったらしく、スマホを耳に当てる。

「――ああ、すぐ戻る」

電話の相手と仕事の話を続けながら、凌士が目で謝罪を告げてくる。あさひは笑顔で首を横に振った。

職場ではふたりの関係は明かしていないのだから、変に外でふたりのところを見られるような危険をおかさずに済んでよかったのだろう。

（残念だけど……しかたないよね。もう少し、話したかったな）

凌士が電話を終えるのと同時に、エレベーターが一階に着く。凌士は降りずに職場へ戻るのだろう。

「じゃあ、失礼します。統括もお昼はちゃんととってくださいね」

「碓井」

最後に降りようとしたあさひの肩を、凌士が引く。そのままうなじに唇が触れたかと思うと、手のひらにひやりとした感触を覚えた。

鍵だ。

「先に上がっていていい」

あさひは手の中の鍵と凌士をまじまじと見比べた。無意識に息をのみこむ。

しかし、ひとが乗りこんできたため、慌ててエレベーターを降りる。

閉じかけた扉を振り返ると、凌士の熱っぽい目と視線が絡まった。

(今日こそは、伝えなきゃだよね。……わたしの気持ち)

あさひはまだ高鳴ったままの鼓動に耳を澄《す》ませつつ、決心した。

「おかえりなさい、凌士さん」

「……ただいま」

あさひがエプロンを着けたまま玄関で出迎えると、凌士はそう告げたきり立ち尽くした。

「お先に失礼してます。……凌士さん？　どうされました？」

「今すぐ結婚したくなった」

あさひの顔が曇ったのに気づいたのだろう、凌士は返事を求めずに玄関を上がった。ネクタイをゆるめながら鼻を動かす。

「いい匂いがする。作ったのか？」

「はい。いつもの定食屋の女将さんにコツを教えてもらってきたので、そこまでひどくはないはずですが……」

あさひ自身は洋食やエスニックな味が好きなこともあり、これまで和食を作る機会は少なかった。けれど、いつか披露する機会もあるかもしれないと練習していたのだ。

それでも凌士に出すと思うと安心はできず、念には念を入れて女将にも教えを乞《こ》うてきた。

「食う」

凌士が待てないとばかりに足早にキッチンへ向かう。あさひもあとを追い、夕食の支度を整えた。

テーブルには、凌士の好みのあっさりめの味つけにした豚バラ肉と大根の煮物に、初心者向け料理本の最初に出てきそうな、ほうれん草のごま和え、そしてにんじんとしめじの味噌汁《みそしる》。

手嶋の件で凌士に思いがけない言葉をもらってから、あさひは気持ちを切り替えることができた。おかげで、過度に落ちこまずに業務もこなせた。手料理は、そのお礼も兼ねている。

凌士がジャケットとネクタイを取り、シャツを肘までまくり上げる。ご飯をよそうあさひの隣で、凌士はダイニングボードからグラスをふたつ取り出した。

「この前作ったグラスですね！」

「ああ、あさひとふたりのときに使うと決めていた。ビールでいいか」

「はい」

禁酒は続けているけれど、今日は別。せっかく揃《そろ》いで作ったグラスがあるのに、飲まない選択はない。

凌士はグラスをテーブルに並べ、缶ビールを注ぐ。寄り添うように並んだふたつのグラスを、あさひはじっと眺める。

唐突に、プロポーズのときから感じていた引っかかりの正体に思い至った。

（そっか、だから……）

乾杯、とグラスを合わせる。軽やかな音に、「いただきます」という凌士の声が被さる。

凌士は黙々と箸を進めながら、ときおり小さくうなずく。凌士なりの〝美味しい〟

の示しかただ。

凌士はあっというまにすべて食べ終え、煮物のお代わりまですると息をついた。

「うまかった。会社帰りに作るのは大変だっただろう」

「でも、作った甲斐《かい》がありました」

好きなひとに喜ばれる。これ以上に嬉しいことなんてない。

「次は俺も一緒にやる」

「はい。楽しみにしています。……凌士さん」

まだ半分ほどビールが残ったグラスを手にして、あさひは姿勢を正した。

凌士も本題がくると気づいたのか、表情をあらためる。

あさひは深呼吸をしてから、思いを告げた。

「結婚はまだ……すみません」

「なぜだ?」

「わたしは、凌士さんを支えたいんです」

ガラス細工の工房で出会った女性は、恋人を夫婦として支える自信がなくてプロポーズを見送ったと言っていた。

あさひもおなじだった。

受け止められて、与えられる……それだけでは足りない。

あさひは、支えられるだけではなくて凌士を支えたいのだった。

「容姿も家柄もわたしにはありません。そのこと自体は今さら変えられない。だから外から見て釣り合わなくても、凌士さんがわたしを望んでくださるなら応えたいと思っています。でもせめて、自分で変えられることは……仕事の実力だけは、おなじ会社の社員として凌士さんに見合うようになりたいんです。自分で自分に納得して、凌士さんの隣にいたい」

凌士が眉間に皺を寄せたが、黙ってあさひの言い分に耳を傾ける。

そのことにいいようのない安堵を覚えながら、あさひは思いをすべて吐き出す。

「だけど今はまだ納得できないんです。手嶋くんへの指導が甘かった、彼にミスさせてしまったのは、わたしの力不足でもあります。チーフだなんて……そもそもの評価がおかしかったのに、おこがましくて堂々と名乗れません。凌士さんを上司としても尊敬してるからこそ、もっと力をつけてから隣に立ちたい」

「評価がおかしいとは、ずいぶん卑屈な決めつけだな。昼も言ったが、俺はあさひならできると思っている。チーフ職を与えられた自分を信じろ。器に見合う中身を作ればいいとも言ったはずだ」

「そうですけど、そのチーフ職そのものが……っ」

とっさに声が上ずり、あさひははっとして口ごもる。

立場に見合う中身を作ればいい。あさひ自身、凌士に言われてそうしようと努力してきたつもりだ。けれどその立場が逆に、あさひを追いつめていた。

食器を手にして逃げるようにキッチンへ立つと、凌士の声が追いかけてくる。

「最初からそうだったな。『立場に見合う実力もない』だったか。なぜ自分の実力に関して、それほどまでに自分を下げる？」

景の声が頭に鳴り響く。

あさひのなかにまだ残っている、トラウマ。

『だから悪いと思って、君にはチーフのポストをあげたんじゃないか。君だって指輪より、昇進のほうが嬉しかっただろう？』

（景が別の会社のひとなら……）

凌士に吐き出せたかもしれない。けれど自社の次期社長に対して、社内の人間が権限を濫用《らんよう》したと打ち明ければ大ごとになる。

（――ううん、違う。わたしが意気地なしなだけ）

不当な昇進をしたと知られれば、あさひ自身の能力は大したことがないのだと凌士に失望されてしまう。

せめて、中身が器に追いついてからでないと言えない。

あさひは唇を噛んだ。

「なにもありません。ただ、自分に納得してから凌士さんに応えたいだけです。だから今はまだ……お受けできません」

「それが、結論か」

隣に来た凌士が、食べ終えた皿をシンクに静かに置く。どきりと心臓が跳ねる。

あさひに向き直ったとき、凌士は表情の読み取れない顔をしていた。

「凌士さんはなにも悪くなくて、わたしの心の問題なんです」

「強情め。その様子では、婚約だけでもと言っても、枷《かせ》になるのだろうな」

「ごめんなさい……っ。都合のいいお願いをしてる自覚はあります」

うまく伝えられないもどかしさに、あさひはとっさに凌士の腕をつかむ。

「自分に納得とやらができれば、俺と結婚するのか？」

「そのときは、はい。それまで待ってくださるのなら……凌士さんを支えさせてください」

凌士の返事がない。愛想を尽かされたかもしれない。

祈るような気持ちで、あさひはさらにぎゅっと凌士の腕をつかむ。

「……面倒な女だな。なにも考えずに俺のところにくれば、守ってやるのに」

「面倒なりに、わたしだって凌士さんを好きなんです。だからわたしも、凌士さんを守りたい。守る力がほしい。そこは譲れません」

「俺は守られたくて結婚するわけじゃないぞ」

「わたしもです」

長い沈黙のあと、凌士が重い息を吐き出した。

「……俺の負けだ。あさひのそういうところも可愛く思う自分が、腹立たしいな」

「凌士さん」

「一刻も早く、自分に納得できるところまで来い。俺は気が長くないぞ」

「はい……！」

シンクの縁に置いたほうの手に凌士の手が伸び、促されるままあさひは指を絡める。

胸が甘く鳴って、あさひは自分から凌士の胸に飛びこむ。

迷ってばかりのあさひを、凌士は受け止めてくれる。

こんなひとは、きっとどこにもいない。

「せめて俺を待たせるあいだ、ほかの男を半径一メートル以内に寄せつけないでもらおうか」

「それじゃ仕事が進みません。そこは譲歩してもらえると……」

「俺がどれだけ譲歩したと思ってる。職場に恋人がいるのは気分がいい反面、気が気じゃない。業務に支障が出そうだ」

「うそ、凌士さんが業務をおざなりにするはずがありません。だいたい心配なさらなくても、わたしは凌士さんしか見てな……っ」

抗議の言葉は凌士の深いキスにのみこまれた。

丸ごと食べられてしまいそうな熱情をはらんだキスに、頭の中にたちまち霞《かすみ》がかかっていく。

「ん……っ」

力が抜けてへたりこみそうになった腰を、凌士が抱えるようにしてキスを続ける。

「最近、俺は〝変わった〟らしい。周りにそう言われることが増えた。間違いなくあさひのせいだ。男ひとりを変えた罪は重いぞ」

「わたしが？」

凌士は決断も実行も早いが、そのやり口は強引。御曹司であり統括部長の座にいるがゆえの、いい意味での傲慢さも覗く。あさひはついていくのに必死だ。

けれど一方で、凌士の包容力とどこまでも尽きない愛情の深さに、驚かされると同時にどれだけ救われているか。

それらはどれももとから凌士に備わったものだ。あさひが変えたわけじゃない。

「まさか。きっと皆さんが、凌士さんのよい面に気づかれただけですよ」

「そうやって、俺に譲歩させる魂胆《こんたん》か？　それなら、この先の交渉はベッドでだな」

「きゃあっ、凌士さん！」

最後に小さなリップ音を残して、ひょいと抱き上げられる。

突然の浮遊感に驚き、あさひは凌士の首に腕を回した。応えるように、凌士が抱える腕にぐっと力をこめる。

体が凌士の愛しかたを思い出して、ひとりでに火照っていった。


「今日はやけに積極的だな」

欲に濡れた目が、薄暗い寝室のベッドで下から見上げてくる。

あさひはたまらず、凌士からベッド脇のスタンドライトへ視線を逸らした。

「っ、わたしだって、積極的になる日はあります」

照明は最小まで絞られているものの、凌士の引きしまった肌に陰影を落としている。

あさひは羞恥をこらえながら、凌士と繋がるべく腰を落とした。

思ったより艶めいた吐息がこぼれる。そのことも恥ずかしい。

すでにたっぷりと愛されて、体じゅうが汗ばんでいる。髪だって乱れている。

けれど気にする余裕もない。

プロポーズを断っても、恋情は変わらない。せめて、あさひのすべてで凌士に想いを伝えたかったのだ。

(待っててください。お願い)

海を漂う船が杭《くい》に舫《もや》いを繋げるかのように、あさひも凌士に手を伸ばす。

あさひの意図を察したのか、凌士はすぐさまあさひの手を力強く握りしめた。

「可愛いな、あさひは。俺の思い通りにならないのが、可愛くないが」

下から強く突き上げられ、あさひは凌士の上で仰《の》け反《ぞ》る。息も浅く離れそうになるあさひを、凌士がぐっと手をつかんで引き戻した。

骨が溶けたかと思うほど、あさひは体を大きくしならせる。

ベッドが軋み、甘い声が立て続けに口をつく。

あさひも体を倒し、与えられる恍惚《こうこつ》に抗い、懸命に凌士の引きしまった肌に唇を寄せる。

でも気を抜くとすぐに、凌士に翻弄されてしまう。指先から、唇から、凌士の感情が強く伝わってくるから。

「俺の女は、いつ落ちてくるのだろうな」

波のようにうねる喜悦に意識をほとんど持っていかれながら、あさひは切れ切れに訴えた。

「わたしの気持ちは、今お伝えしてます……っ。凌士さんにプロポーズされて、心臓がおかしくなるほど、嬉しかった」

「そうか」

ふ、と凌士が口の端を上げる。

次の瞬間、もっとも深い場所を攻め立てられ、あさひはたまらず甘い声を細く迸らせた。

「……っ、凌士さん……っ」

頭が白く染まり、あさひは凌士の上に折り重なるようにして倒れこむ。

抱き留めた凌士が、あさひの髪を梳く。一度、二度。……三度。最初は心もち強く、しだいにそっと優しく。

「どうした、もう終わりか？　伝え足りないんじゃないか？　どうやら俺のほうが、あさひを好きなようだぞ」

乱れた髪を繰り返し梳かれ、凌士の指が耳に触れる。

息も絶え絶えのあさひとは反対に、凌士はまったく疲れを見せない。声にも余裕が感じられる。

けれど、その表情にわずかに陰が差すのが見え、あさひは凌士の頬に手を添えた。

(そんな顔をさせたいんじゃない)

「わたしだって……ほんとうに好きで」

切れ切れに言うと、凌士があさひの手のひらに唇を寄せる。胸が締めつけられたそのとき、凌士があさひの目をまっすぐ射貫いた。

「まあいい。俺は俺で、思う通りにやるだけだ」

「えっ？　凌士さん、なにを……？」

「覚えておけ。あさひだけが、俺にとっての女だ。逃すつもりも無駄に待つつもりもない」

強い意志を含んだ言葉の意味をあさひが知るのは、それからまもなくのことだった。

＊

左腕の腕時計に目を落とすと、定時を十五分過ぎたところだった。複数の事業本部のメンバーによる横断会議を終えた面々が、いそいそと会議室を出ていく。

凌士は、最後に出ようとした男を呼び止めた。

「今日は購買部の貴重な意見をうかがえて、有意義だった」

振り向いた男が、凌士を認めて足を止める。

「こちらこそ、意見を参考にしていただいて意外でした。事業開発本部は将来への先行投資という文句を盾にして開発予算を顧みない、購買の意見に耳を貸さない、と部内で散々聞かされていましたから」

「一理あると思っただけだ。これまでも、はなから切り捨ててきたわけじゃない」

にこやかに返しながら、凌士はあらためて男のネームカードに目を走らせる。

管理統括本部購買統括部　購買部課長　野々上景。

今日の会議は本部長と統括部長のみが対象者だ。野々上は代理出席だろう。

「碓井をそちらに出したときは、冷徹と評判の如月統括の下ではもたないかもしれないと危惧したものですが、杞憂だったようです」

「ああ、君が碓井の元上司か」

凌士は今気づいたという風に眉を上げてみせた。

「一度、話をしたかった。一服しないか」

「ぜひ」

凌士は野々上と、十階のカフェテリアに連れ立つ。

定時直後のカフェテリアは、まだ夕食にも早いからか、がらんとしている。

凌士たちはコーヒーを手に、パーティションで半個室に区切られた窓際の席に腰を落ち着けた。

ここなら、フロアと同階のリフレッシュスペースよりも、ひとに聞かれる恐れは少ない。

当たり障りのない話で様子を探りながら、凌士はそれとなく野々上を観察する。

垂れ気味の甘い目に、穏やかな笑み。凌士から見れば頼りなさそうだが、こういうのが母性本能をくすぐるタイプというやつかもしれない。

「碓井は、そちらでどうですか？　足を引っ張っていなければいいのですが」

「よくやってるぞ。ＲＳ企画部長が、相手を不快にさせない仕事ができると褒めていた。いい人材を得られた」

そうですか、と野々上がやや気色ばんでホットコーヒーを飲む。

「碓井は器用ではありませんが、努力家でしょう。僕も、何度も食らいつかれましたよ」

野々上が懐かしむように言う。

胸の内がわずかに乱されるのを、凌士は自覚した。

「目をかけていたように見受けるが、なぜ碓井を外に出した？　彼女なら、購買部内でも重宝しただろう」

野々上を誘ったのは、その話が聞きたかったからだった。

部下の抱える問題を把握しておくのは、業務の範疇《はんちゅう》だ。その問題が仕事がらみなら、なおのこと。

チーフとしての働きができるようになるまで待ってほしい、と凌士のプロポーズにもかたくなに首を縦に振らないあさひに、なにがあったのか。

少なくとも、凌士がバーで見かけるまでは、あさひはそれなりに自負を持って業務をこなしている風だったのだ。

（なにがあさひから自信を奪った？）

知るには、彼女の元上司であるこの男に聞くのが手っ取り早い。

「ええ、ですから後悔しています。そのときでもないのに昇進させるのではありませんでした。実際、今からでも僕の下に戻したいくらいで――」

「そのときでもないのに？　どういう意味だ」

凌士は野々上を遮った。刺すような低い声が口をつき、野々上が苦笑を中途半端に止める。

「――いえ、それはこちらの話で」

「碓井の昇進には、こちらには明かせない事情がありそうだ。それはぜひ聞かせてもらいたい」

ごまかそうとした野々上の顔が強張る。

視界の端で、誰かが血相を変えて走り去るのが見えたが、凌士は気にも留めなかった。〝鋼鉄の男〟の評判が役に立ったらしいと、冷めた思いで野々上を見据える。

仕事ではどんな言い訳や矛盾も徹底的に追及し、切り捨ててきた凌士を前に、社内で言い逃れできる者はいない。それは野々上も同様だった。

「いや……碓井は優秀ですよ。ただ、購買部内がゴタついていたときで……碓井には外に出てもらうしかなかったんです」

「へえ、購買部長からはそのような話を受けていないが。部内の問題を上にも上げず、君がひとりで処理したと？」

「それは、その、事情が絡みまして」

「どんな？」

「いえ、そ、それはプライベートですので……」

野々上がしどろもどろになりながら、目線をさまよわせる。

だがあいにく、凌士には手加減する気はつゆほどもない。

「課長の個人的な事情に、碓井を巻きこんだのか」

「ひ、人聞きの悪い言い方はよしてください……！　彼女には異動に際して、ちゃ、ちゃんと手土産も渡して……っ、だから、よそから口出しされるいわれは――」

「その〝手土産〟とやらが昇進というわけか。事情とやらも含め、すべて話してもらおうか」

冷え切った声が口をつく。

野々上の顔が凍りつき、やがて観念した様子であさひとの――付き合いから始まる一連のすべてを白状し始めた。

＊

空席のままの凌士の席にちらりと目を走らせ、あさひは自席のパソコンに視線を戻す。会議が長引いているのだろうか。

凌士と付き合い始めてから、なにかにつけて彼の席を確認するのが癖になっている。

忙しいのはわかっているけれど、タイミングが合うなら一緒に帰りたい。

凌士の顔が見られないと、パズルの最後のピースが見つからないときのような心細さを覚えてしまう。

(なんて、それより仕事！　凌士さんの隣に立っても恥ずかしくないわたしにならないと)

あさひは、先日凌士に話をしたプロジェクトの企画書に目を通す。打ち合わせをしてから、手嶋にブラッシュアップさせたものだ。

手嶋の資料はよくできていたが、記載された数字の一部に違和感がある。先日のミスの件もあるので、あさひは念のため手嶋に確認することにした。

「まとめてくれた企画書、わかりやすくなってたよ。それで、いくつか確認したいんだけど――」

手嶋を必要以上に構えさせないよう、いつもと変わらない調子を心がける。顔を上げた手嶋が神妙な顔であさひの席に回りこみ、その手にある資料を覗きこんだ。

「この提案は、うしろの販売予想をもとにしているよね？　でも次のページの数字から導き出される予想とは、この点で矛盾しないかな」

あさひが細かい指摘を加えるまでもなく、手嶋が眉を曇らせた。自分のミスがどこにあるのか、どう直すべきか気づいたようだ。

「すぐ直します！　うわ、かっこ悪……」

「でも実際、提案の組み立てかたはすごくいいよ。手嶋くんくらいの歳で、これだけできるひとはなかなかいないと思う。気を落とさないで」

「はい。……チーフには早く、デキる男っぷりを見せたいんですけど」

「楽しみに待ってるよ。頑張って」

手嶋がさらになにか言いたそうにする。けれど仕事から話が逸れる予感がして、あさひは明るく切り上げた。自分たちはあくまでチーフと部下だ。

先日、凌士に正直な気持ちを受け止めてもらってから、心が軽くなったように思う。迷いがすっかり晴れたわけではないけれど、凌士に向かって頑張ればいいと思えるようになったからかもしれない。

あさひはさらに、いくつか企画書に書きこみを入れて手嶋に渡した。

「はい、まずはこれを頑張って。代わりに飲み物買ってきてあげる」

手嶋が自席にすごすごと戻る。あさひが財布を手にしてフロアを出た、そのときだった。

「あさひ先輩！　いいところにいた！」

声のほうを振り向けば、エレベーターホールに女性社員が立っていた。結麻だ。

結麻の左手の指輪に目がいってしまい、無意識に口元が歪んだ。

「なに？　急ぎじゃないなら、あとにしてもらえる？」

「急ぎですってば！　早く。景ちゃんを助けてください！」

えっ、と思うまもなく、あさひは引きずられるようにして、下りのエレベーターに乗せられる。

カフェテリアのある階に連れてこられ、あさひは困惑した。

「なんでここ？　というか、野々上課長とは別の部署なんだけど」

「景ちゃんが、如月統括部長に吊るし上げにされてるんですよ!?　しかもあさひ先輩のせいっぽいし、なんとかして助けてあげようと思わないんですか!?」

「なんとかしてって……」

さっきから、あさひの前で『景ちゃん』と呼ぶ無神経さに気づいていないのだろうか。

（それ、わたしに言うの……？）

状況はさっぱりわからないながら、あさひが景を助けて当然のように思われるのも気分が悪い。

でも、凌士と景が揉めているとなれば無視もできない。

あさひは、本日の日替わり定食が飾られたショーケースを横目に、カフェテリアに駆けこんだ。

結麻が、「あそこ」と窓際の一角を指差す。

近付くとパーティション越しに、凌士と景の声がくぐもって聞こえてきた。

「凌……統括？」

あさひは、肩までの高さがあるパーティションのすぐうしろに忍び寄った。

ふたりはあさひが来たのには気づかないようだ。

結麻もついてくる。あさひたちはパーティションを盾に、盗み聞きをする形になった。

「——それで、保身のために昇進させたのか。よくも碓井を軽く扱ってくれたな」

あさひはパーティションの陰で息をのんだ。

ふたりが話しているのは、あさひの昇進に関する件だった。

とうとう凌士にも知られてしまった。唇が震えて、結麻の顔を見られない。

「違う！　僕はただ、あさひに悪かったと思って詫びのために……！」

「昇進させれば、自分の浮気は表沙汰にならないという打算があったんだろうが。小狡《こずる》い策が見え透いて見苦しい」

「な……っ！」

景の声が歪む。しかし否定の言葉はなく、あさひは凌士の言葉が真実だと知った。

詫びのための昇進という事実だけでもショックだったけれど。

（それが実は、景自身の保身にすぎなかったなんて……！）

いつのまにか唇をきつく噛んでいた。

「けど、あさひとは嫌いで別れたわけじゃない。結麻のことは、その、なんていうか気の迷いで……！　後悔してるし、あさひとやり直せるならやり直したいと……」

隣で結麻の顔が蒼白になっていく。

「――そうはさせない」

凌士の声は、喚《わめ》き散らしていた景の動きを一瞬で止めた。

「お前は、碓井の仕事に対する誇りをへし折った。そのせいで彼女は今も苦しんで、本来の能力を発揮できていない。チーフとしてやれるだけの実力も、俺や直属の部長からの正当な評価もあるのにもかかわらずだ。その痛みがわからないお前に、彼女を手に入れる資格はない」

目の奥がじわりと熱い。なにかが止めようもなく、胸にこみ上げてくる。

(凌士さん……!)

凌士が立ち上がる。話は終わったのだろう。こちらに来る気配がして、あさひは慌てて頭を引っこめる。

ところが喉を引き裂くような声が凌士を引き留めた。

「統括、待ってください! 正直に話したんですから、お願いです、どうか今回は見逃してくれませんか……!?」

椅子が勢いよく倒れた音がしてあさひが覗くと、景が血相を変えて凌士の腕を引っつかんだところだった。

「お願いです! 統括!」

次の瞬間、あさひは息をのんだ。

「離せ」

凌士が冷え切った表情で、取りすがっていた景の腕を振り払う。

勢いのあまり、景がカフェテリアの床に無残に尻をついた。

派手な音と不穏な雰囲気に気づいた周辺のひとたちが、騒ぎ始める。パーティションのおかげで見えてはいないとはいえ、これ以上、騒ぎになるのはまずい。

あさひは割って入ろうと、パーティションから身を乗り出す。

そのときだった。

「――彼女はもう、俺のものだ。俺が一生かけて愛していく。お前のもとにはなにがあっても戻さない」

きっぱりと言い放ち、その場を去ろうとした凌士が足を止める。

目が合った。

「碓井」

凌士が目をみはった。

だしぬけに、その胸に飛びこみたい衝動が喉元まで膨れ上がる。

あさひは凌士の目を見つめたまま、手を握りこんでその衝動をこらえた。

視界がにじむけれど、ここは職場だ。

「統括……いえ、凌士さん」

代わりにあさひは微笑んだ。それだけで凌士には伝わったらしい。「ああ」という短い返答が優しかった。

あさひは、よろよろと立ち上がった景に向き合う。

「野々上課長には、たくさん指導していただきました。それについては感謝していま す。でも、課長とのことは終わったことです。統括がそばにいてくださったから、わたしはなんとかやってこれたんです。……やっと、ほんとうの意味で吹っ切れました。ですからこれからも仕事で、どうぞよろしくお願いします」

浮気の事実に打ちのめされ、あさひは涙が涸《か》れるほど泣いた。

チーフ昇進にも裏があった。仕事での努力すら否定された気持ちで、部下を指導しながらずっと負い目で息が苦しかった。

でも、それらはもうすべて過去のもの。

今のあさひは、それらをぜんぶ抱えて前へ歩きだせる。

「お世話になりました」

あさひは一礼し、凌士に続いてカフェテリアを出る。

結麻が凌士とあさひを見て目を丸くしたけれど、これから景と結麻の関係がどうなるかなんて、あさひにはどうでもいいことだった。

あさひたちは三十階に戻った。けれど、オフィスのセキュリティーを開けようとした凌士を、あさひはエレベーター脇の非常階段に誘った。

「碓井?」

「……少しだけ、お願いします」

重い扉を開けると、開閉を感知して薄暗い非常階段に照明がつく。暖房の行き渡らない階段は冷え冷えとしていた。

凌士が後ろ手に扉を閉めるのを待って、あさひは思いきって言った。甘えるのは苦手だ。でも。

「凌士さん、あの……今だけ、少しだけでいいですから、抱きしめてもらえますか……？」

「あさひから甘えてくるのは珍しいな」

凌士がふと笑って腕を回す。

優しくも力強いぬくもりに包まれ、あさひはその胸に頬をすり寄せた。

「さっきは、ありがとうございました。わたしが言えずにいたこと、言ってくださって嬉しかったです……っ」

あさひがぎゅっと凌士にしがみつくと、凌士が強く抱きしめ返す。

「事実を言ったまでだ。あさひに聞かせるつもりはなかったんだが」

「いえ、聞けてよかったです。凌士さんが、わたしのためにしてくださったことだから」

「あの男があさひの元恋人か。……昇進の件を俺に言わなかったのも、あの男を庇ったからだろう。気分が悪い」

嫉妬がうかがえる口調に、あさひは淩士の腕の中でかぶりを振った。

「違います！　昇進の経緯を淩士さんに知られて、失望されるのが怖かったんです」

「なにに失望するんだ？」

「わたしにですよ」

淩士は本気でわからないという顔をした。

「伸びしろのある部下に期待こそすれ、失望する上司がいるか？」

あさひは安堵と喜びで胸がぐちゃぐちゃのまま、深く息を吐いた。

顔を上げ、淩士のまっすぐな視線に尋ねる。

「期待して……くださるんですか？」

「何度も言ってきたつもりなんだが？　あさひには、期待させるだけの能力があるからな」

景と別れてから……景に女としてだけでなく部下としても認められていなかったと知ってから、棘《とげ》が胸に刺さったままだった。

その棘が今、すっと抜けていく。あさひは淩士を抱きしめる腕に力をこめる。

「今度こそ、そうします。凌士さんの……いえ、統括の期待に応えます」

「言い切ったな。いい傾向だ。そういえば、新人のときもそうだったな」

「え？」

あさひは思わず体を離して凌士を凝視した。

苦笑して腕を離した凌士が、腕時計に目をやり「ここまでか」とつぶやく。

「仕事に戻るか。明日の出張準備もあるしな」

「明日はどちらへ？」

あさひの質問に、凌士は思わせぶりに笑った。

「セールスの様子を見にな。定期的に、各店舗を見て回っているんだ」

凌士が仕事の顔に変わり、あさひも凌士のあとをついて職場に戻る。

久々に、仕事へのまじり気のない熱意が湧いてくる。あさひは新人さながらの意欲をもって、精力的に仕事をさばいた。

そのあいだも、凌士がこぼした言葉が気になっていたけれど。

疑問が解けたのは、翌日の定時直後だ。

先日提出した企画書が、本部長――凌士のさらに上司で、事業開発本部のトップだ――の目に留まり、プロジェクトとして立ち上げるための準備を行うことになった。

あさひは、そのリーダーに指名された。

さっそく張り切って関係各所に連絡を取るさなか、絵美から電話があったのだ。

《あさひ、ちょっと今いい?》

まだ仕事中だというあさひに、絵美は十分で済むからと興奮気味にまくし立てる。

あさひはリフレッシュスペースに移動した。

「どうしたの? 電話なんて珍しいね。なにかあった?」

《聞いてよ、今日、店舗に本体のお偉いさんが来たんだけど、誰が来たと思う? あさひの如月さんだよ!》

「わたしの……って。でも凌士さんが視察に行ってるのは、絵美のところとは別の店舗じゃ」

《今日は私、ヘルプでそっちに入ってんの。って、そんなことはいいんだって! 凌士さんって呼んでるってことは、うまくいってんのね?》

あさひはリフレッシュスペースのベンチに腰を下ろしながら、凌士と付き合ってることを簡単に報告する。

絵美は電話越しでもニヤニヤしているのがわかる声音で、祝福してくれた。

《やっぱり、如月さんは鋼鉄の猛禽だったわけね。執念勝ちかあ……って、そこでよ！　ここからが大事》
絵美ならもっと詳しく問いつめるかと思ったので、あさひは拍子抜けした。きっとそれだけ重要な話なのだろう。
「なに？」
《私、如月さんをどこかで見た記憶があるなって、ずっと思ってたんだよね》
「如月家の御曹司だし、一度は見てるんじゃない？　イケメンだって絵美も言ってたじゃない」
《ううん、違った。イケメンなのはイケメンだけど、写真で見たとかじゃなくてね、会ってたのよ！　今日、セールスの店舗に来た如月さんを見て思い出した！》
「うん？」
《あさひがディーラー研修に来てたときよ。如月さんが店長してた！》
「え……凌士さんが店長？」
あさひは首をひねる。
如月セールスは、如月モビリティーズのグループ会社だ。凌士がグループ会社に出向したことはないはず。

《そう、間違いないって。あのころ、ちょうど店長は奥さんの出産に合わせて育休を取ってて、あの店舗は店長不在だったでしょ。だけど一日だけ、店長がいたの覚えてない？　それが如月さん！》

「うそ……！」

ディーラー研修であさひの配属された店舗に、凌士が来ていた？

《私たちぺーぺーだったから、店長の顔なんて正直わかんなかったでしょ？　特にあさひは本体側の社員だし、セールスの人間関係なんて深く知る機会もないし。でもあさひが本体に帰って、しばらくして店長が復帰したときに、この前のひとと違うなって思ったのよね。それも今日、如月さんを見て思い出したんだけど》

ふと、あさひの脳裏に、背筋をすっと伸ばした男性の姿がよみがえる。

研修先の店舗で、あさひが客対応で失敗しかけたとき、店長だと名乗った――。

「――あっ！」

《思い出した？》

「思い……出した……！」

あのとき、あさひを助けてくれたのは。

（どうしよう、今すぐ会いたい）

《ね？　ね？　如月さんだったでしょ。しかもたぶん、如月さんの執念は――っと、ごめん、店長に呼ばれた！　行ってくる》

唐突に切れた電話の最後の言葉も耳に入らず、あさひは呆然とした。

夜の八時半に凌士の家に着くと、すでに凌士はスーツから部屋着に着替えてくつろいでいた。

「まだ食ってないんだろう？　つまみ程度だが、作っておいた」

「凌士さんが⁉　びっくりです、嬉しい」

「驚くほどのことじゃない」

言いながらも、凌士は満更でもなさそうだ。

絵美の話を聞いてから居ても立っても居られなくて、あさひは凌士に会う約束を取りつけたのだった。

「実はわたしも、すぐ食べられるようにと思ってお惣菜《そうざい》を買ってきたんですが」

「それも食べよう。腹が減った」

「はい。待っててくださって、ありがとうございます」

ふたりで席につく。テーブルの上には、たたききゅうりに味噌だれをのせたもの、クリームチーズとオニオンスライスをかつおぶしと醤油で和えたもの、車麩《くるまふ》のチャンプルーなどのつまみが並ぶ。どれも簡単なものながら、美味しそうだ。

あさひはそこに、行きつけの中華ダイニングでテイクアウトしてきた、酢の物や春巻きなどを追加した。

お供のビールはもちろん、揃いのグラスに注ぐ。ふたりのときには禁酒しなくてもよいというのが、暗黙の了解になりつつある。

乾杯して、さっそく凌士の料理を口に運んだ。

「世界一美味しい！　幸せです……！」

「大げさだ。すぐできるものばかりだぞ」

「作ってくださったのが、嬉しいんですよ」

凌士のつまみはどれもお酒に合う。ついビールが進みそうになり、あさひはグラスを置いた。

怪訝そうにする凌士に、笑みが抑えられない。

「わたし、思い出しました。ディーラー研修のとき、わたしを指導してくださったのは……凌士さんですよね？」

「……俺だけが覚えていると思っていた」

凌士が箸を止めて苦笑した。

＊

五年前、凌士は自動車事業本部に所属していた。

現在の事業開発本部では自動車に限らず移動手段全体が事業の範囲だが、こちらは名前の通り自動車に特化して事業を展開する本部だ。

そのころの凌士は、部長として陣頭指揮をとっていた。

若すぎる年齢での部長職。御曹司は苦労知らずで羨ましい、と陰口を叩かれ、凌士は成果を上げれば上げるほど孤立していった。

そんな日々の中で、凌士は業務の隙を見ては、販売店、いわゆるディーラーを視察してもいた。

ディーラーは別会社ではあるが、グループ全体を率いる如月家の一員として、製品を売る現場を見ておきたいという個人的な意思によるものだ。

だいたい月に一度、特に重きを置く主要店舗を見て回る。如月家の次期トップが直々に激励に来るというので、現場の士気が上がると歓迎されていた。

『君が事業撤退を言い渡したプロジェクト、工場長が殴りこみに来たそうだねえ。突然の通達はまずいよ。君は相変わらず、敵を作ってばかりだ』

『説明するだけ無駄です。撤退の事実は変わりませんから』

『そうだとしても、伝えかたがあっただろうに。いつかしっぺ返しがくるよ。それより、ディーラー回りなんていう草の根活動のほうをアピールすればいいのにねえ』

『……行ってきます』

凌士が入社したころから面倒を見てくれている上司の苦笑いを退け、凌士はディーラーに足を運んだ。

今日、見回るのは最高級車だけを扱う店舗だ。

磨き上げられた総ガラス張りの店内を覗けば、如月モビリティーズが擁《よう》する高級車ラインナップの中でも最高ランクの車が鮮烈な輝きを放っていた。

ゴールデンウィークはかき入れどきだ。

店舗の性質上、客層も富裕層が多い。騒々しくはないが、ガラス越しに見た雰囲気は普段よりも活気がある。

裏に回り、バックヤードに入ると、店員のひとりが平身低頭で出迎えた。

『活況のようだな』

『おかげさまで。先月出た新機種が牽引してますね。この一週間が勝負どきです』

『店長はどうした？　見当たらないが』

『奥様が第一子をご出産なさったので、育休を取っております。復帰は三ヶ月後になりまして』

凌士が首肯して店舗に出たとき、ひときわ明るく、心の曇りさえ一掃しそうな挨拶が響いた。

『――いらっしゃいませ』

声のほうを向けば、スーツ姿も初々しい女性社員が入店した客にていねいなお辞儀をしている。

派手ではないが、ふしぎと目を引かれた。

彼女は接客をする店員の邪魔にならないよう動いては、パンフレットを補充したり客に飲み物を出したりと細かな仕事をしている。

『彼女は？』

『今年の研修員ですよ』

店長の返答に、ああ、と合点がいった。

『ディーラー研修か。どうりでスーツが借り物に見えるわけだ』

『この時期の風物詩ですね。といっても、うちはお客様の大半が富裕層ですから新人に相手をさせられず、特に今年は店長も不在ですから教育が……』

あらためて店内を見渡せば、彼女以外にもスーツに〝着られている〟状態の社員がちらほらと見える。

彼らは一様に、退屈そうな表情で隅に固まっていた。指導できる者がおらず、実質的に放置されているのが明らかだ。

新人のうちで積極的にフロアに出ているのは、彼女ともうひとりの女性くらいだ。そちらは制服姿だから、本体ではなくセールス側の新入社員か。

『では今日は俺が店長をしても？　ラインナップはすべて頭に入っている』

『いいんですか？　むしろ助かります。なにしろ人手が足りないもので』

『そのようだな。しかしこのままではいざ接客するときに……ああ、見てみろ』

凌士はフロアの一角を目で示す。

そこでは先ほどの彼女が、恰幅《かっぷく》のよい老齢の男性客に質問を受けたところだった。はきはきと気持ちのよい表情だった彼女の顔が、しだいに曇っていく。

あの客はおそらく、相手を試すような質問をあえてしている。凌士には客の表情でわかるが、経験の浅い彼女にわかるはずもない。

新人にありがちだが、知識もないのになんとかしなければと必死で、表情を保てなくなっているのだ。明るさが失われていた。

凌士はさりげなくふたりの前へ進み出ると、客に頭を下げた。

『お困りごとでしょうか。店長の私が承ります』

言いながら、さりげなく彼女を一歩下がらせる。

店長と聞いて溜飲《りゅういん》を下げたのか、客は険しかった表情を瞬時に崩した。彼女にも投げたであろう質問を凌士に繰り返す。

凌士がそのすべてに澱《よど》みなく答え、さらに客のニーズに合わせた提案をすると、客は大笑いした。

『いやあ、社員がこんなことも知らないのかと如月の未来を憂いてしまったが、君のような店長がいるなら、まだ大丈夫そうだ。教育だけはしっかりして、これからも頼むよ』

商談成立には至らなかったが、客はまた来ると言って帰っていく。凌士は店の前まで出て、新人とともに深いお辞儀で見送った。

『店長、ありがとうございました』

客の姿が見えなくなると、新人が今度は凌士に向かって頭を下げた。意気消沈した顔だった。

　凌士は彼女の背を押して店内に戻る。

『客には新人もベテランも関係ない。本体かセールスの人間かも、はっきり言って関係ない。すべて、如月モビリティーズの社員だ』

　バックヤードでそう告げると、彼女ははっと姿勢を正した。

『常に自分が会社の顔だと思え。客の前で自信のなさを顔に出すな。あれでは客に信用されない。対処できないのであれば、恥ずかしがらずにほかの人間を呼べ』

『はい』

『知識不足が原因なら、不明点はその日のうちに解決させろ。次は必ず対処できるように準備するんだ。そうやって一歩ずつ、如月の社員としての力をつけていけ』

『……はい！　そうします。ご指導ありがとうございます』

　ぴしりと姿勢を正すも、笑顔になった彼女に、凌士は内心で首を捻《ひね》った。

『肝のすわった新入社員だな』

　凌士を前にした部下はたいてい、萎縮する。肩書きのせいばかりではなく、凌士自身の放つ威圧的な雰囲気によるものだ。

　しかし、彼女は凌士を前にしても小さくなることがない。

『わたしのためにしてくださった注意だと、わかりますから。一歩ずつ、ていねいに、ですよね』

彼女は、ほんの少し目にちゃめっ気をにじませた。

『へえ。今後の働きが楽しみだ』

『はい！　頑張ります。いつか必ず、店長の期待に応えますね』

新人らしい熱意と向上心、そして素直さのうかがえる返答を残して、彼女はまた仕事を探しにフロアへ戻る。

気落ちしたばかりで仕事になるのか気がかりだったが、彼女の動きは見違えるようによくなっていた。

彼女はこれから伸びる予感がする。

目が吸い寄せられた。

凌士はその日、視察から戻ると、事業撤退に追いこんだ製品の工場長に連絡を取った。

『工場長、先日はじゅうぶんなご相談もなく非礼を働き、申し訳ございませんでした。あらためて、お話をさせていただけませんか。このたびの事業撤退と今後の展開について――』

期待に応えようとする社員がいるのなら、凌士自身も変わらなければいけない。

凌士の頭には、ささいな声かけで前を向いた彼女の姿が、いつまでも残っていた。

＊

「――彼女とはそれきりだったが、後日、名前を調べた。それからなんとなく、彼女の仕事ぶりを気にかけるようになった。彼女のことは、どうしてか頭から離れなかった。いつも心の隅にあった。言っておくが、見張っていたわけじゃないぞ」

凌士がばつの悪そうな顔をするので、あさひは笑ってしまった。

「わかってます。わたしこそ、すぐに思い出せなくてすみません」

激励の言葉は、一言一句、覚えている。

接客はしないでくれ、車を磨いていればいい――という、明らかな邪魔者扱いに心が腐りかけていたのを、あの言葉が〝社員〟に引き戻してくれたのだから。

（あれが……あのときの〝店長〟が凌士さんだったなんて）

セールスの店長だと思いこんでいたせいで、目の前の凌士とすぐに結び付かなかった。けれど思い出した今となっては、あのときの厳しくもあたたかな表情も、すっとした立ち姿も、たしかに凌士のもので。

凌士が苦笑しながら、あさひが買ってきた春巻きに歯を立てる。さくりと小気味よい音がした。

「……購買部に配属された彼女は、生き生きと仕事をしていた。ここまで成長したかと、感慨深かった。だがその後、俺がアメリカのグループ会社へ出向して戻ったとき、恋人がいるらしいと知ってな。そのときに初めて後悔という感情を覚えた」

「それって……」

「いつのまにか仕事以外にも、心を傾ける存在があったと気づいた。だがもう遅い。それ以来、仕事でも望みはすぐに行動に移すようになった。おかげで〝鋼鉄の男〟の評判には磨きがかかったな」

あさひは、凌士が競合他社を出し抜き、業務提携を成立させた件を思い出した。部署の人間がみな、異例のスピードに気色ばんだ一件。

「だから、涙を見せられたときには、心が決まっていた」

つかのま浮かんだ照れをかき消し、凌士がグラスに手を伸ばす。お揃いで手作りしたものだ。

凌士はそれをゆっくりと、手の中で傾ける。

「じゃあ、ずっと……だったんですか?」

「そうだな。だから、あさひの仕事へのプライドは理解しているつもりだ。尊重もする。だがプライベートのほうは、俺の望みに反するからな。すべて尊重するわけにはいかない」

凌士はグラスを空にすると、ほかの皿にも手をつけていく。あさひは凌士のグラスにビールを注ぐ。

「俺はやはり、あさひと結婚したい。今すぐ。その望みは譲れない」

あさひは空になったグラスを顔の前にかざした。ガラスに、あさひ自身の顔が形を変えて映りこむ。

まだ理想への道半ばな、どこか頼りない顔。けれど以前より、自分を信じられる。凌士の思いを受け止められる。

あらためて、ガラス細工の工房で出会った女性の言葉が、頭をよぎった。

ずっと、八年かけて支えられると思えるようになったことのほうに共感していたけれど、今は。

『結局は短いも長いもなくて、タイミングだと思うわ』

そうだ、過ごした時間の長さじゃない。支えられるかどうかでもない。

このひとといたいと思う。

それだけの、ごくシンプルな感情さえあればいいのだ。

(結婚だって、夫婦という器に添うふたりを作っていけばよくて)

大丈夫。凌士となら怖くない。

支えなきゃと肩肘を張らなくても、一緒に歩いてくれる。ただの庇護ではなく、あさひが前へ進む力を信じてくれる。

「凌士さん。これからも……わたしを好きでいてくれますか？」

「あさひの一生を俺の手の中に入れておきたいと願うから、プロポーズしてるんだろう」

苦笑した凌士が、食べ終えた皿を手に席を立つ。あさひもあとを追った。

凌士があさひの手から食器を受け取り、スポンジの泡をまとわせていく。あさひはその隣で食器の泡を流す。

ふたりでするその作業が、今のあさひにはごく自然に感じられる。

「どうだ？　まだ踏み切れないか？　ただ俺のそばで、幸せになればいいだけなんだが」

「それなら、自信があります。一生、一緒にいてください」

凌士がつかのま、目をみはった。

骨張った指の先が、あさひの真意を探るように耳朶に触れる。

あさひがその手に自分の手を重ねると、凌士はあさひの顎を優しくすくい上げた。

切れ長の深い色をした目にあさひが映る。

「やっと、俺のところに来たか。あさひ、愛している」

返そうとした言葉は、すべて凌士の唇にのみこまれる。

キスはまたたくまに深くなり、あさひの頭は早くも甘く痺れ始めた。


凌士は寝室に場所を変えると、あさひの肌に丹念に触れていった。

まるで、ひとつひとつ自分のものだとたしかめるような仕草だ。……けれど。

「凌士さん、なんか今日は違います……？」

あさひは息を浅くしてうつ伏せでシーツを握りしめつつ、凌士を振り仰ぐ。

電気をつけたままの明るいベッドの上で、凌士の均整の取れた体がつぶさに見てとれる。凌士が、あさひのすべてを見たいからと、電気を消すのを拒んだのだ。

ただならぬ色気に当てられ、あさひは弾かれるようにしてうつ伏せに戻った。

「わかるのか」

凌士が思わせぶりに小さく笑うと、あさひの腰から背中をなぞる。

大きな手はさらにうなじをつうと這《は》い、乱れたあさひの髪を耳にかける。凌士の体はしっとりと汗ばんでいた。きっとあさひもおなじだ。

凌士に抱かれるとき、あさひはいつも体のすべてを持っていかれるように思う。

丸ごと食べられそうな錯覚を起こすときさえある。

(だけど、やっぱり今日はなにか違う。なんで……?)

うしろからぴたりと覆い被さった凌士に耳を喰《は》まれ、やわらかな胸に指を沈められる。

背中のくぼみに沿って、肌に薄い唇の判を押される。潤みきった場所を、凌士が貫く。

言いようのない喜悦にのみこまれる。甘やかな電流が全身を走り抜ける。

体じゅうどこもかしこも、凌士の形に合わせて溶けていくようだ。深い酩酊《めいてい》のような状態が続いて、一向に覚めない。

「あ、あ……っ」

立て続けに艶めいた声が口をついたとき、あさひは唐突に理解した。体じゅうが、かあっと熱を持つ。

（わかった。凌士さんのすべてで、愛してると伝えられてるみたいだから）

一度気づくと、どこにどう触れられても、ただただ〝愛している〟の言葉を受け取ってしまう。

とうとうあさひの意識が弾けたとき、凌士が愉しそうに目を細めた。

「あさひも、今日は早いな？」

「だっ……て、凌士さんが、すごく深く……するから」

切れ切れにどうにかそれだけ言って、あさひはシーツにぐったりと身を沈める。

「さっそく、結婚の準備だな。あさひの両親にもご挨拶したい」

「はい……でも凌士さん、今はまずぎゅっとして――」

言い終わらないうちに、あさひは覆い被さった凌士の熱い体に、強く抱きすくめられた。

# 六章　囲われて

「――以上が、モビリティの未来を考える上で欠かすことのできない要素です」

研究者のひとりが打ち合わせを締めくくり、あさひは手嶋とともに頭を下げた。

「貴重なお話をありがとうございました」

手嶋に修正させた企画書から立ち上がった、新プロジェクトがらみの打ち合わせだった。プロジェクトの主導はあさひで、手嶋もメンバーに入っている。

今日は本格始動の前により広い知見を得るため、記事のもととなった研究について、研究者の話を聞きに来たのだった。

あさひはホワイトボードを備えた会議室のスクリーンから、手元のノートパソコンに目を移す。

ちらっと手嶋を盗み見れば、先日のミスの分も取り返そうという意欲がうかがえた。

「大変革新的な研究だと感じました。いくつか質問をさせてください。まず、先ほど出てきた環境コストの概念ですが――」

疑問点をひとつずつ洗い出しては、ぶつけていく。

事前に勉強した内容とすり合わせながら、あさひは研究者の回答をもとにさらに議論を重ねた。

「つまり、今後の開発にあたってもっとも必要なのは――」

あさひが議論の骨子をまとめ、自社にとって有用なシステム作りの視点から提案をすると、三人の研究者らがそれぞれ大きくうなずいた。

「素晴らしい。それが可能になれば、モビリティの未来はまだまだ大きく広がるでしょう」

続いて意欲をぶつけるかのように手嶋が質問をいくつかしたあと、あさひはひとつの提案を切り出した。

「では、この件をぜひ弊社と共同研究しませんか？　今日のお話を伺って、皆さんにとっても有意なものになると確信しました。ぜひとも両者での相乗効果を狙いたいのです」

「それは願ってもない！　こちらとしても、新たな発見が得られるでしょう。ただ、まずは目指す方向性の確認をしたい」

「もちろんです。ではまず――」

続くあさひの言葉に、研究者の代表格の教授が食いつく。

たしかな手応えを感じ、あさひは手嶋と目線を合わせた。

「ではさっそく、話を進めましょう。今後はこちらの手嶋が弊社の窓口として本件を主導いたします。大変有能ですので、なんなりとお申しつけください」

任せられるとは思っていなかったのか、話を振られた手嶋が焦って挨拶する。

追加でいくつかすり合わせを終えたのち、研究者たちと和やかな雰囲気のうちに別れ、校舎をあとにした。

寒空の下、パンプスの踵が広い歩道を蹴る乾いた音が響く。二月にしてはキャンパス内は驚くほど緑豊かだ。

次は緑の多い場所でデートするのも、いいかもしれない。あさひはふと凌士のことを考えて顔をほころばせる。

「この件、俺に任せていいんですか？　この前も、ひとりでイキッて失敗したのに」

広いキャンパスを正門に向かって歩きながら、手嶋がいつもの調子のよさに似合わない、不安そうな顔をした。

「この研究をいかに具体的な事業に落としこんで、社内を動かせるかは手嶋くんの働き次第。……手嶋くんには意欲がある。意欲があって、自信もある。そんな社員を使わなくてどうするの」

まだ納得いかなそうな手嶋に笑い、あさひは額にかかった髪を払う。

「でも、自分も如月の顔だという意識を忘れず、社外に対して自分を過信しないこと。いいほうにも、悪いほうにもね。いつでも、わたしたちに頼ってほしい。わたしも頼れる上司になるし、部長もみんなも手嶋くんを助けるから。そうやって、今の立場が手嶋くんを作っていくから、安心して邁進《まいしん》してください」

今のはほとんど凌士の受け売りだ。かつてあさひがもらった言葉。手嶋にも届けばいいと願う。

「わたしはこれからも上司として、手嶋くんの成長を見守るね」

そう続けると、手嶋がはっとして足を止めた。

「それ……返事ですか」

「うん。わたしの心はもう、ぜんぶあるひとに預けちゃってるの。だから、手嶋くんに預ける余裕はないんだ」

沈黙していた手嶋が、だしぬけに天を仰いだ。

「あーあ、もうちょっと攻めるつもりだったんですけど」

「返事は変わらないもの。でも、ありがとう」

「少しは揺さぶれるかと思ったんですけど、甘かったなあ。わかりました。じゃあ遠慮なく頼るんで、これからもご指導のほどよろしくお願いします！」

また諦めないと言われたらどうしようかと思っていたけれど、屈託のない態度にほっとする。

これからはきっと、お互いに上司と部下としてうまくやっていけるだろう。

あさひはくすりと笑って足を止め、手嶋を見上げた。

「こちらこそ、よろしく。さっそく部長に報告しなきゃね。如月統括もきっと経過を早くお知りになりたいだろうし」

「そういやチーフが心を預けたっていう相手って……」

「ん？」

歩みを再開しかけたあさひは、手嶋がついてこないのに気づいて振り向いた。

なにかためらっていた手嶋が、はっとしたように歩きだす。

「……いや、なんでもないっす。早く会社に戻りましょう。今後の段取りもつめさせてください」

「やる気満々だね」

あさひたちは帰社すると、その足で部長に今日の成果を報告した。聞きつけた凌士も話に加わる。

報告内容もさることながら、手嶋の晴れ晴れとした表情にも感じるものがあったのか、凌士が満足げに手嶋の肩を叩いた。

「共同研究の件、社長にも声をかけてくれ。秘密保持契約《NDA》を忘れるな」

「はい！」

ふたつ返事をした手嶋に、部長が賛同の意を示す。そのかたわらで、凌士があさひに向け声には出さずに唇を動かした。

——よくやったな。

目に入った瞬間、心臓が跳ねた。

（凌士さんからの言葉が、いちばん嬉しい）

あさひは凌士だけに見えるように、とびきりの笑顔を返す。

まさかその様子を、手嶋に見られているなんて思いもしなかったけれど。


その後は手嶋共々、あさひも各方面との調整に追われた。

気づけば定時を過ぎているが、向かいの席の手嶋も、先日の落ちこみが嘘のように張り切っている。

思えば、あさひも研修から本体に戻ってきたころは、仕事を覚え始めてがむしゃらだった。

(懐かしいな)

根をつめさせてもよくないだろうと、あさひは席を立った。飲み物でも差し入れしよう。

手洗いを済ませてから、自販機のあるリフレッシュスペースに向かう。

ところが、開放されたドアの内側から聞こえてきた声に、あさひはドアの手前で足を止めた。

「——碓井チーフが付き合ってる相手は、統括ですか?」

(えっ……!?)

手嶋だ。彼も一服しに来たのだろうか。話し相手は凌士らしい。

凌士と付き合っていることは、社内には伏せている。

婚約もしたのだから、と凌士はすぐにでも公表したそうだったけれど、あさひの希望で待ってもらっているのだ。

(どうしてそのことを……!)

けれど、とあさひは今さらながらに、先日の景との一件を結麻に見られたのを思い出した。あのときはそれ以上構う余裕もなくカフェテリアを出たが、景が言うとも思えないから、彼女が手嶋に話したのかもしれない。結麻と手嶋は同期だったはずだ。でもそれなら質問ではなく断言するはずか、とあさひは思い直す。

（じゃあ、なんで……？）

その疑問は次の手嶋の言葉で解けた。

「チーフが統括を見るとき、表情が明らかに違うんすよね。やわらかいっていうか、女って感じがする」

あさひは恥ずかしさのあまり両手で顔を覆った。まさか顔に出ていたとは思いもしなかった。

結麻が話していないのにはほっとしたけれど、今度からいっそう気をつけないと。

（それより、凌士さんはどう返すの？）

絵美にも、次に会ったときに直接伝えるつもりでまだ話していないのだ。

あさひは息をつめ、耳をそばだてる。心臓がばくばくと激しく鳴る。

「碓井は、いい女だろう」

凌士の声は、自信と余裕に満ちていた。

「牽制ですか？」

「正しく意味を捉えているじゃないか」

「露骨すぎます。それにもう、牽制にもなりませんよ。きっぱりフラれましたから」

「そうか」

凌士が軽く笑った気配がした。

「そんなに安心されるとムカつくんですけど……あ、すみません上司でした」

「ひとの女に手を出したことといい、いい度胸だな」

「いやいや、つけいる隙もなかったですって。碓井チーフ、俺が諦めないって言ってもぐらつきもしなかったし、心をぜんぶ預けてるって言ってましたもん」

「俺にか」

「名前はおっしゃいませんでしたけど。って、負け惜しみっぽくなるだけなんで、言わせないでくださいよ」

「自分の立場をよく理解しているのは褒めてやる。碓井はこれからも、俺だけのものだ。せいぜい、部下として可愛がられてろ」

あさひはそっと後ずさり、自席へ戻る。心臓が早鐘を打つ。

（凌士さんってば……！　あんな、さらっと……）

手嶋に見抜かれていたのも恥ずかしいけれど、なにより凌士の堂々とした振る舞いに赤面してしまう。

熱を冷まそうと気を引きしめて自席に腰を下ろすと、タイミングをおなじくして、あさひのスマホが着信を知らせた。

ちょうど戻ってきた手嶋から視線を外し、あさひは電話に出る。

《――今日は何時に上がれる？》

凌士が開口一番に言う。

あさひはちらっと手嶋を見て声を落とした。

「わたし自身はいつでも上がれます。あとは、キリのいいところまで付き合ってから……」

手嶋くんに、と言う前に凌士が遮る。

《手嶋の面倒を見るのも大概にしておけ。下で待ってる》

心なしか不機嫌そうに聞こえる。

（え、もしかして凌士さん、拗《す》ねてる？）

あさひはパソコンのモニターに表示されたファイルを次々に閉じながら、声をやわらかくした。

「すぐ行きます」

オフィスフロア専用の出入り口から裏通りに出ると、冷たくも春の気配を帯びた風が、あさひの髪を揺らした。

職場との寒暖差に首をすくめずにはいられない。あさひはアイスブルーのコートの前をかき合わせる。

凌士の姿を探して首をめぐらせると、凌士は道路の向かい側で夜を煌々《こうこう》と照らす自販機のそばに立っていた。

「お待たせしました。寒かったでしょう」

白い息を吐いて駆け寄ると、凌士が笑みを深くした。

「早かったじゃないか。上司を待たせるのは怖いか」

あ、とつい口をついた。

統括を待たせるなんて、一分でも怖い、と言った日のことを思い出す。

ふたりで紅葉を見たあのころは、まだ凌士に対して恐れと遠慮があった。戸惑いも。

今とは大違いだ。

あさひは笑って首を横に振った。

「凌士さん、拗ねてたでしょう。帰るって言ったら、手嶋くんには困った顔をされましたけど」

「困らせとけ」

軽く腰を引き寄せられ、あさひは凌士の隣に収まった。駅までの道を並んで歩く。

凌士の歩みは、普段あさひと並ぶときよりわずかに速い。まるで、早く会社から離れようと言わんばかりで、胸がとくりと鳴った。

手嶋との会話を立ち聞きしてしまったと言うべきか迷って、やめる。しばらくは、あさひだけの秘密だ。

直接、愛情を向けられるのも幸せだけれど、あさひのいないところでも想いを隠さないでくれるのは、胸をくすぐられる。

ひとり面映い気分を味わっていると、凌士が口を開いた。

「考えたが、やはり婚約の件は会社にも公表したい。お互いの両親への挨拶も済ませて、来月からは一緒に住むだろう。総務にはすぐバレるぞ」

先日、あさひは凌士を実家に連れていった。

実家の両親は喜びを通り越して、驚きで硬直していた。

構えないでほしくて、次期社長だという情報を事前に伝えなかったからだけれど、あれだけ驚かせてしまうなら言っておけばよかったかもしれない。

でも、父も母も驚きを過ぎると、それはもう大はしゃぎだった。

特に母は、美貌の恋人にすっかり心酔していたと思う。父は父で、最後に自身の手で売った車の話で、凌士と盛り上がっていた。和やかな一日だった。

一方の凌士の両親はといえば、こちらも拍子抜けするほど歓待された。

如月モビリティーズほどの大企業ともなれば、一社員がグループを率いる社長に会う機会なんてほとんどない。それこそ、入社式以来のご尊顔。

緊張でがちがちに肩を強張らせて行けば、家の佇まいからして目を剥くほどだった。

高級住宅街で知られる一等地で、左右に延びる塀の両端が見えないなんてことを、あさひは初めて経験した。

警備員が常駐する立派な構えの門をくぐって敷石を歩いた先、二階建ての日本家屋を目にしたときは、思わず凌士にこれは有形文化財ではないかと尋ねてしまった。

広大な敷地には洋風の離れも点在し、如月モビリティーズが生んだ往年の名車が、一点の曇りもない状態で並んだショールームのような建物まであった。

とても一個人の家だとは思えない豪邸で、あさひは凌士の育った背景にただただ圧倒された。

そんなだったから、対面したときには満足に笑顔も作れずにいたあさひだったが、思いがけず凌士の母親がふたりの肩を持ってくれたのだった。

『あさひさんが、凌士がずっと想っていた方ね？　……なんですか凌士、その顔は。凌士がひとりの女性に執着していることくらい、気づいていましたよ。だから見合い話を持ち出しても無駄だと、思い直したんじゃないですか』

『母さんは恐ろしいひとだな……』

凌士は驚きを隠せないようだったが、とにかく凌士が言った通り、社長夫妻にも結婚を快く了承されたのだった。

「凌士さんのご両親にもあたたかく迎えていただいて、幸せです」

思い出して頬を上気させると、凌士があさひの手を取った。

「ほら、公表しても問題ないだろう。もし問題が起きたとしても、俺が守ってやる。だからこれ以上、男を引き寄せてくれるな」

手を包むように握られる。凌士の手も外気で冷えてしまっていた。

あさひはぬくもりを与えるように、凌士の手をぎゅっと握り返す。

凌士があさひの手ごと、自身のコートのポケットに手を突っこんだ。

（引き寄せたつもりはないけど……って言ったところで、そういう問題じゃないよね）

「凌士さんとのこれからには、不安はないんです。ただ、凌士さんの仕事によくない影響があったら……」

それに、夫婦でおなじ職場では周りもやりにくいのではないか。

如月では聞いたことはないが、そのような場合、なかには夫婦の片方を異動させる企業もあるらしい。

異動になるとしたらあさひのほうだろう。でもまだRS企画部にも来たばかりのため、もう少しここで成果を出したい思いもある。

「俺への影響だったら、まったく問題ない。それに、ここだけの話だが……来期から、俺は本部長になる」

凌士が繋いだほうと反対の手で、あさひの耳をするりと撫でる。

凌士から贈られたピアスにも、優しい指先が触れる。

「つまり執務場所が、今のフロアから三十二階の役員個室に移る。働きにくさを感じる機会は少ないはずだ、俺も、あさひも」

「昇進ですか⁉　おめでとうございます！」

「ああ。どうだ、俺の婚約者は頼みを聞く気になったか？」

甘く目を細めた凌士が、手を返してあさひの頬をひと撫でして離れる。

「……そう言われたら、断れないじゃないですか。でも、友人に話してからでいいですか？　前に話した、ディーラー研修時代に知り合った子です。そういえば、凌士さんがこの前視察に行かれたお店に、彼女もヘルプで入ってたんですよ。ちょうど今週の金曜に、彼女と飲む約束をしてて」

「わかった。飲むのはいいが、飲みすぎるなよ。場所はどこだ？　迎えに行くから、終わったら連絡しろ」

「大丈夫ですって！　もう。女子会なんですから」

「泣き顔も見せるなよ。あれは、俺だけのものだ」

あさひは頬を熱くしつつ、ふたたび「もう！」と形ばかり抗議してから、凌士の腕を笑って小突いた。


いつもの中華ダイニングに着くと、先に到着していた絵美が手を振る。あさひは手を振り返して、窓際のテーブル席についた。

「料理は適当に頼んじゃった。なに飲む？」

「じゃあ、レモンサワーで」

「お、禁酒はやめたんだ？」

「飲んでもいいって言われたから。たまには、ね」

絵美がウーロンハイを頼みながらニヤニヤした。

「如月さんの承認制かあ、愛されてるっていうか囲われてるねー」

料理とともに飲み物も運ばれてきて、さっそく乾杯する。

電話では話したものの、絵美に前回会ったのは昨年の十一月の終わりだから、およそ三ヶ月ぶりだ。

「どれだけこの日を待ったか、わかる？　あさひのメッセージを読んでから、そわそわして仕事にならなかったわよ。報告って、如月さんのことでしょ？」

「絵美ってば、鋭い」

「で？　で？　付き合ってんでしょ？　なにかあった？」

あさひは口をつけていたレモンサワーをテーブルに置いた。

絵美から電話があったときは、さほど詳しく話をするまもなかったのだ。

あさひは意味もなくタイトスカートの裾をいじりながら、意を決して口を開く。

「凌士さんと……結婚することになった」

絵美が食べかけの香菜とナッツのサラダを噴きそうになった。

「え、待って？　ねえ待って？　結婚って……え、付き合ったんだよね？　あれ、いつの話だったたっけ？　ちょ、急展開すぎ！　ぜんぶ話しなさい！」

絵美の勢いに飲まれ、あさひは料理に手をつける暇もないまま、洗いざらい吐かされる。

レモンサワーの量だけがぐんぐん減っていく。

「私も見たかったなー如月さんと野々上さんの〝男の対決〟」

「面白がらないでよ」

あれから二、三日は、景になにか言われるかもしれないと身構えていたけれど、特に何事もなかった。風の噂では結麻と別れたらしいと聞いたけれど、真偽はわからない。

あさひが次に景と話をするのは、仕事で必要が生じたときだろう。

「式はどうするの？　新婚旅行は？　そうそう、新居は？」

絵美の矢継ぎ早の質問にたじたじになりながら、あさひは何杯目かのお酒のお代わりを注文する。

ひと息つかせてほしい、という意味をこめて、あさひはシーフードの塩炒めをつまんだ。レモンサワーできゅっと締めるのが美味しい。

「六月に凌士さんのお家が懇意にしてるホテルで、予定してる。絵美も空けておいてくれる？」

「もちろん！　楽しみにしてる」

凌士は不動産屋に探させた、といくつか物件を見せてくれたけれど、例によってそのスピード感にあさひはたじたじだった。

結局決めきれずに、凌士の部屋に引っ越すことで話がついた。

凌士は『子どもができたら、今度こそ引っ越すぞ』と宣言していたけれど。

新婚旅行は仕事との兼ね合いで、夏の休暇にくっつけることになりそうだ。

式といい新婚旅行といい、決めることが多い。ひょっとすると仕事よりも大変かもしれない。

けれど、あさひより多忙なはずの凌士のほうが嬉々として考えてくれるから、その姿を見るだけであさひも満たされる。

思いきって凌士に飛びこんでよかったと、心から思う。

どんな出会いが、人生を変えるかわからないのだ。

「そういえば婚約指輪はないの？」

「そっちはね――」

実は、両家への挨拶を終えたその足で、凌士に連れられて婚約指輪を買いに行った。

あとは内側の刻印が済めば、取りに行くだけ。

すぐに結婚するのだから婚約指輪はいらない、と一度は断ったけれど、これについては凌士も引き下がらなかった。

『俺が、俺の贈ったジュエリーを身につけるあさひを見たいのだから、拒否は受けつけない』

なんとも勝手な言い分だけど、そこが凌士らしい気もする。

さりげない気遣いをしてくれる凌士のことだから、あさひが遠慮するのを見越して、あえて強めに言ったのかもしれない。

いずれにせよ、凌士の望みならあさひが突っぱねる理由もない。婚約指輪についてはあさひが折れた。

凌士の選んだデザインは、ダイヤモンドが指輪の表面ではなく側面に埋めこまれた珍しいものだった。金額に目を剥きそうになったあさひを尻目に、即決された。

ちなみに、職場でもつけろと言われている。

ひと通りあさひを問いつめて満足した絵美が、さらにお酒とつまみを注文してしみじみと言う。

「ほんとよかったよね。あさひが自信を取り戻せたのは、如月さんのおかげだもん」

「……うん」

「そーんな可愛い顔しちゃって！　如月さんもお目が高いよ。そんな前からあさひに目をつけてたなんてね。あーあー、私もその店にいたんですけど！」

「絵美」

「冗談よ、冗談」

「でも、実はちょっとふしぎなんだよね」

あさひがつぶやくと、小籠包《ショウロンポー》を口に入れた絵美が、熱さに顔をしかめながら先を促した。

「なに、どゆこと」

「新人の顔なんて、そんなに覚えてるものなのかな。会ったのなんてたった一日だよ？　しかもわたし、名乗りもしなかったし、名札だってなかったよ。凌士さんはどうやって、わたしが購買に配属されたって知ったんだろ」

凌士の話を聞いたときにはさほど気に留めなかったけれど、よくよく考えるとふしぎだった。

如月モビリティーズには毎年、数百人単位で新人が入社する。その中からたったひとりの名前を、どうやって知ったのだろう。

如月家の御曹司とはいえ、当時はまだ他本部の部長職。人事から個人情報を聞き出すのにも無理があったはず。

ふうふう言いながら小籠包を食べ終えた絵美が、こくこくと首を縦に振る。

「それなら私、心当たりある」

「え⁉　なんで？　教えて」

あさひが食い下がるも、絵美は含み笑いをするだけで答えない。

「簡単なことよ」

しかもハイテンションでさらにお酒を注文する。

「よし、じゃあ私の話を聞いたら教えてあげる。私も実は、最近彼氏ができたんだよね」

「やだ、それ先に言ってよ！」

あさひも小籠包をつまみつつ、今度は問いつめる番だ。

気づけばすっかり酔いが回り、テーブルの皿も空になっている。それでもまだ飲み足りない。

あさひたちはお酒をサワーから果実酒に変え、デザートも注文して盛り上がった。

時間が矢のように過ぎ、あっというまに終電の時間だ。

あさひは絵美がトイレに立つあいだに、凌士にメッセージを送る。

遅くなったので迎えに来なくてもいいと書いたけれど、凌士からは行くと即答された。

「もー、あさひってば私がいないのをいいことに旦那とイチャイチャしてー」

いつのまにかトイレから戻った絵美に、トーク画面を覗きこまれている。あさひは慌ててスマホをしまった。

「旦那だなんて、まだ気が早いよ。凌士さん、迎えに来てくれるって」

「猛禽は撤回しなきゃだわ。甲斐甲斐しいね」

「ふふっ、猛禽……はその通りだったかも」

などと話しているうちに、凌士から店の前に着いたと連絡がくる。帰ると連絡してからまだ五分と経っていない。

あさひたちは驚きつつも会計を済ませ、店を出た。店のすぐ前の路肩に車が停まっている。

ドアにもたれていた凌士が、あさひたちに気づいて近付いた。

「飲みすぎるなと言ったはずだが」

「つい飲んじゃいました。楽しいお酒でした……」

ふわふわと夢心地で返事をした弾みに、足元がふらつく。すかさず凌士があさひの腰を支えた。

「よほど楽しい酒だったんだな」

「あさひの同僚の田崎《たさき》絵美です。婚約おめでとうございます。今日はあさひにたっぷり惚気《のろけ》られました」

「惚気ちゃいました……」

頭がぼんやりする。凌士が来て、一気に気が抜けたのだ。

「ああもう、そんな素直に言っちゃって。珍しい」

絵美の冷やかしを、凌士は堂々と受け止めた。

「如月だ。研修員時代からの友人らしいな。これからも、あさひを頼む」

「もちろんです。先日、セールスの店舗でお会いしたんですが、お気づきでした？」

「そうだったか」

「あ、やっぱり。……いえ、あさひ以外に興味がないんですよね、気にしてませんから」

「凌士さん、これからはちゃんと絵美のこと覚えてくださいー……」

あさひは凌士の腕をつついてふわりと頭を下げる。

「あさひってば、こんなに酔うの初めてじゃない？　そうそう、それともうひとつ。

五年前ですけど、研修期間後にうちの店舗にお客様のふりをして電話なさったの、如月さんですよね？　気持ちのよい対応をした新人について、お尋ねになったでしょう」

「……あのとき電話対応したのは、君だったのか」

「はい。商品ではなくて社員について質問されたのは初めてだったので、『碓井あさひをよろしくお願いします！』って、思いきりセールスさせていただきました」

「感謝している。君が教えてくれなければ、如月の力で会社の人間を動かすところだった」

「あさひ、いい商品だったでしょう？　これからも、よろしくお願いしますね」

「ああ。全力で幸せにする」

「え、なになに？」

途中からふたりの会話についていけず、ぽかんと聞いていたあさひは、凌士と絵美のあいだで話の決着がついたらしいのを知って割って入る。

心地よい酔いが回って、理解できなかったのだ。

絵美は呆れてあさひの耳を軽くつねった。

「あさひは素面に戻ってから如月さんに説明してもらいなさい」

「うん……？」

話はいまいち見えないままだったけれど、ともあれ恋人と友人がよい関係を築きそうで、あさひはふわっと顔をほころばせる。

ところが次の瞬間、左手にひやりとした感触を覚えて意識を浮上させた。

ゆるゆると手を顔の高さまで持ち上げる。夜なのに眩しいな、とかすかに目を細め……あさひは目を見開いた。

「うそ……っ」

「明日でもよかったんだが、待てなかった」

婚約指輪。

先日注文したばかりの輝きが、あさひの薬指で強い光を放っている。

頭がぐるぐるして、心臓だけが痛いくらいに激しく脈を打つ。

左手の薬指からじわじわと熱が広がって、体温が上がっていくようだ。

凌士が満足そうに目を細め、指輪を嵌めたあさひの手を取る。

「店から仕上がったという連絡がきたからな。ここに来る前に受け取ってきた」

呆然とするあさひの隣で、絵美が手を叩いて歓声をあげた。

絵美と別れ、あさひは凌士の車に乗りこむ。助手席のドアを閉めた凌士も、運転席に回って乗りこんでくる。

だが、凌士は車を発進させずに助手席に身を乗り出した。

やわらかな唇が押し当てられ、すぐに離れる。

「惚《ほう》けた顔だ」

「言わないでください……。いらっしゃるのも早かったし、まさか指輪を嵌めてもらえるなんて思いもしなくて……」

脈が速くなったせいか、一気に酔いが全身を染めて頭がくらくらしているのだ。

「指輪をピックアップしたあと、近くで時間を潰していたんだ。やはり似合う」

「ありがとうございます」

告げるなり、また唇が優しく押し当てられた。

あさひはその甘さに陶然と身を任せる。

「せっかくだから今、言っておく。よく聞いておけ。眠るなよ」

思わず助手席で居住まいを正すと、凌士が苦笑して続けた。

「一生、俺を選んだことを後悔させない。なにがあってもだ。だから安心して俺の隣にいろ」

「……はい、凌士さん」

あさひは返事を待たずに思いきり身を乗り出し、凌士の首に腕を回す。

凌士が目をみはる。かすかに体を強張らせたように感じていぶかしく思ったのもつかのま、凌士は顔じゅうに笑みを広げた。

(そっか、わたし初めて自分から……)

積極的に凌士に抱きついた。しかも首に腕を回して。

ベッドで積極的になったことはある。けれど、あれは体を重ねる熱に浮かされていたからで。

今も、酔いが回った勢いがあったからできたようなものかもしれない。

普段は凌士に抱きしめられて、あさひはその腕の中で安心していたけれど。

「わたしも凌士さんに、わたしを選んだことを後悔させないように努力します。だから凌士さんも安心してくださいね」

車内で窮屈な姿勢になるのも構わず、あさひはさらに強く凌士を抱きしめる。

(これからはもっと、凌士さんに好きって伝えたい)

凌士がため息をついた。

「安心か。努力は不要だが、俺はいつまでもやきもきするだろうから、頼むぞ」

「やきもき?　どうして」

「俺が本気になった女だぞ。ほかの男も惹《ひ》かれるに決まっている。どれだけ芽を潰せばいいのか、見当もつかない。……だが、そいつらよりあさひを愛するのは俺だ。覚えておけ」

「凌士さんもですよ。わたしだって、誰よりも凌士さんを愛していますから」

あさひの肩に、凌士の顔がうずめられた。

春先の匂いをまとった髪が、あさひの首筋を撫でる。強く腰を抱かれ、コートから覗く首筋の素肌を吸い立てられる。

お酒の酔いに加えて、きつく吸われた首筋から体がじんと痺れていく。

凌士が体を離したとき、あさひはふたたび自分から凌士の顔を引き寄せ、唇を重ねた。

車の中で水音が響く。

凌士が、くたりと力が抜けたあさひの手を取り、婚約指輪に目を細める。

「会社にも報告するからな」

「……はい」

「酔っ払いめ。今日はただ寝かされるだけだと思うなよ」

凌士が酩酊したあさひに呆れつつ、早くもその目に熱情を灯した。

# エピローグ

三月某日。

ＲＳ企画部の朝礼が終わり、今期の送別会は花見にするかと部内が盛り上がるなか、あさひが席につこうとしたときだった。

事業開発統括部長の席がある一帯に、張りのある声が響いた。

「皆、始業の前にちょっといいか。話しておくべきことがある」

辺りがざわつき、事業開発統括部下にある各部の部員が立ち上がる。

ＲＳ企画部以外にも、新事業開発部やエネルギーサービス事業開発部、新エネルギー自動車事業開発部の部員もだから、総勢で約七十名ほどだろうか。

あさひもまた首をかしげながら立ち上がる。

直後、凌士と目が合い、あさひはとっさに目を伏せた。嫌な予感がする。

（これってひょっとして……⁉　逃げたい……！）

心臓がばくばくと激しく鳴る。頬が熱い。

頬だけでなく、耳もきっと赤く染まっている。いたたまれなさで心臓が痛い。

凌士の意思は聞いていたし、あさひも了承はしたけれど。てっきり、個別に報告するものだと思っていた。

(こんな形でなんて、聞いてない……！)

部員が皆、窓を背にした凌士のほうを向くなか、あさひだけがうつむいたまま顔を上げられない。

「皆、如月モビリティーズをよく支えてくれて、感謝している」

朗々とした声が、早くも春の陽気を感じられる三月の朝に響き渡る。怪訝な顔をしつつ、誰もがその声に聞き入る。

いつのまにか、ほかの部署の人間まで凌士の口上に何事かと注目し始めた。

「これからも皆の働きに応え、如月モビリティーズの基盤を盤石にし、さらに飛躍させていくと約束する。――そこでだ」

凌士がゆったりとフロアを見渡す。まるで、皆の注目を楽しむかのような堂々たる姿だ。

その目が、おもむろにあさひのところで止まる。

心臓が、肌を突き破るかと思うほど跳ね上がった。

「このたび、俺自身の基盤も固めることにした。……碓井、こちらへ来い」

凌士は慣れているのだろう。けれど、あさひは衆目にさらされる経験なんて多くない。いたたまれず、身がすくむ。

でも、出ていかないという選択はなく。

あさひは部員たちのいぶかしげな視線を集めながら、凌士の席へ足を運ぶ。

辞令を受けるときのように机を挟んで凌士に相対すると、凌士が隣に来るよう小声で指示した。

（凌士さん、堂々としててすごい……！）

あさひがぎくしゃくとした動きで隣に並ぶと、凌士がふたたび声を張った。

「このたび、リソースソリューション企画部チーフ、碓井あさひと結婚することになった。知っての通り、彼女は将来有望な社員だ。その彼女と結婚できることを心から喜ばしく思っている。俺も彼女も、今後いっそう如月モビリティーズのために尽くしていくから、皆、引き続きよろしく頼む」

しん、とフロアじゅうが静まり返った。

けれど、まるで針のむしろだと感じたのはほんの一瞬。

どよめきとともに、拍手が湧き起こった。

おめでとうございます、という声が方々からあがる。凌士はそれらを平然と受け止めると、話を締めた。

部員らはまだ興奮冷めやらぬ様子で、席にもつかずにあちらこちらで話に花を咲かせ始める。

ちらちらとこちらを見られるのがたまらない。あさひはともすればうつむきたくなる心と闘うのに懸命だ。

少々恨みがましい思いで、凌士のスーツの裾をつんと引っ張る。

「統括、さらし者になった気分なんですが……！　席に戻るのが恐ろしいです」

「しばらくは、どこへ行ってもいじられるぞ。なんせ俺の妻になるのだからな」

「嬉しそうですね？」

「そりゃあな。これで誰も、あさひにちょっかいをかけない。それと、今日の昼休憩に役所へ行くぞ」

「……え！　心の準備が……！」

「婚姻届の証人欄は、野々上と手嶋に頼むか」

「ええ!?」

「冗談だ」

凌士がくつくつと声を立てて笑う。意外な表情に、近くの部員がぎょっとした。

凌士はその視線も平然と受け止めて笑う。

そんな風に嬉しそうにされたら、怒る気が失せてしまった。

だから、形ばかり拗ねてみせる。

「凌士さんが、こんなひとだなんて知りませんでした」

独占欲を隠しもせず、堂々と囲うひとだなんて。

「俺も知らなかったが……こういう男に捕まったのも運命だと諦めて、おとなしく俺のものになっておけ」

「最高に幸せな運命です」

凌士を見上げると、社員から死角になる机の下で手を握られる。

あさひを見つめ返す凌士の目は、愛しさを映してなにもかも溶けるくらいに、やわらかかった。

END

# 特別書き下ろし番外編

# バージンロード

「――また、眠っているのか」

胸のやわらかな部分を優しく撫でる低い声に誘われるようにして、あさひは意識を浮上させた。

「凌士さん。おかえりなさい……お疲れさまです」

「ただいま。こんなところで寝ると風邪を引くぞ」

凌士が脱いだジャケットをソファの背にかけ、ネクタイをゆるめる。

ぼんやりしていたあさひは、ようやく我に返った。

「やだ、また寝てました……!? 起きて待ってるつもりだったのに」

ソファに起き上がる。リビングの壁掛け時計に目を向けると、夜の十一時を指していた。

「ひとりで根をつめすぎるな。俺も一緒に準備すると言っただろう」

「そうなんですけど、つい。やり始めたらいつのまにか時間が経っていました」

あさひは、ローテーブル上に広げていた招待状の束を端に寄せる。

六月の結婚式に向け、あさひたちは準備に追われていた。

といっても、会場は如月家が懇意にするホテルなので、思ったより融通も利いて負担は軽い。

(凌士さんのほうが仕事が忙しそうだから、わたしでできるところは進めてしまいたいし……)

あさひが笑うと、頭を屈めた凌士が素早くキスをする。

「ひゃっ……！」

「倒れるなよ、あさひ。あさひが倒れたら、結婚式どころじゃない」

あさひは頬を赤らめながら、甘やかな目をした凌士を見上げる。

「ちゃんと気をつけてますよ」

「夜は食べたか？」

「食べました。凌士さんは心配症です。わたし、どんなに忙しくても三食欠かしたことはないですよ」

凌士は、付き合いのある企業の社長と会食だった。だからあさひは、今夜はひとりで夕食を済ませた。

(ひとりのご飯は、味気なかったけれど……)

でも、自分の待つ場所に凌士が帰ってくる毎日は幸せだと思う。

「凌士さんも遅くまで大変だったでしょう。シャワーどうぞ」

「ああ、そうする。先に寝てていいぞ」

「待ってます。凌士さんを充電しないと」

言うと、顎から耳裏を大きな手で固定される。さっきより深いキスをされた。

「俺もだ。あさひが不足していた。待ってろ」

「……っ！　そういうのは、わたしの心臓が壊れます」

「あさひが先に言ったのにか？」

凌士は余裕たっぷりに笑うと、浴室に消える。あさひは火照った頰を両手で押さえた。

あさひが凌士の部屋に引っ越してからというもの、凌士はずっとこんな調子で、甘さを全開にしてくる。

上司と部下という関係だけだったときとも、付き合い始めとも違う、とろりと溶けそうな甘さ。

隠そうだとか考えたこともないに違いない。

おかげであさひの胸は毎日、朝からドキドキしっぱなしだ。

（ほんと、困る……！　ハーブティーでも飲んで落ち着こう）

あさひはキッチンに立ち、ふたり分のハーブティーを淹れる。

カモミールにレモングラスをブレンドしたものが、寝る前のお気に入りだ。カモミールのリラックス効果に、かすかなレモンの香りが頭をすっきりさせてくれる。

一緒に暮らすようになってからは、凌士も飲むようになった。最初のころは顔をしかめていたけれど、今では、淹れてくれと言われるときも増えた。

「よし、ハーブを蒸らすあいだに……」

あさひはソファに置いていた資料を、ダイニングテーブルに移す。ダイニングテーブルは、引っ越しを機に新たに買ったものだ。

ふたりで共通に楽しむものが増えていく。共有するものが増えていく。

（凌士さんに飛びこむ決心をして、よかった）

あさひは引っ越してからほぼ毎日、凌士と一緒に出勤している。

四月に入ってからは凌士の昇進にともない、エレベーターがあさひのオフィスのある三十階に着いたら別れるのが習慣だ。凌士は、三十二階の役員フロアに個室がある。

凌士が婚約を公表したこともあり、今のところ思ったほど気まずい思いをする機会はない。むしろ、鋼鉄と称された凌士が丸くなったとあちこちから感謝された。

ただ、職場での公言は予想もしない弊害を生んだ。

あさひはハーブティーを手にテーブルにつき、招待客リストと披露宴会場を交互ににらむ。

「席次表か？」

振り返ると、いつのまにか凌士がそばに立っていた。上半身が裸のまま、濡れた頭にタオルを被っている。

色気がだだ漏れの姿に、あさひはどきりとしてすぐさま前を向く。

（凌士さん、服、着てほしい……！）

引きしまった男の肌はすでに見慣れたもののはずなのに、何度見ても心臓が早鐘を打つ。

「そ、そうです。どなたをどの席にするか、悩んでしまって……」

「人数が膨れ上がったからな」

そうなのだ。凌士が職場で堂々と結婚を発表した直後から、あさひのもとには披露宴に出席させてくれという申し出が殺到した。

その結果。

「五百人って……聞いたことありません」

ホテルで行う予定とはいえ、多すぎる。

もっとも規模の大きいものでも、あさひが聞いたことがあるのは三百人クラスだ。新郎が料亭の経営者で、懇意にしている歌舞伎役者や落語家なども招待されていた。

今回はそれよりはるかに多い。

凌士側の招待客が多いのは当然だけれど、それにしても及び腰になってしまう。

「見せてみろ、これか？」

凌士はひょいと招待客のリストを取り上げる。あさひの隣に腰を下ろすと、ペンを手に迷いなく席次表を埋めていった。

「――これでいいだろう」

「えっ、早い……！　もうできたんですか？」

誰を上座にするか、誰と誰をおなじテーブルにするか、という問題は頭を悩ませるものだと思っていたあさひは、あっけにとられた。

さすが、凌士は決断が早い。

「ほかにやることは？」

首を横に振ると、凌士があさひの用意したハーブティーを口にする。

「なら、次は明日の色打掛の試着か。――いいのか？」

凌士がなにを尋ねたのかわかり、あさひは手にしたカップを置く。

「もちろんです！　和装も憧れでした」

「……そうか」

凌士は一瞬だけなにか言いたそうにしたけれど、空になったカップをふたつとも取り上げてキッチンのシンクに置く。

「なら、来い。和装のいいところは、キスマークがついても見つかりにくいことだな」

「凌士さんっ」

あさひが腰を浮かせると、凌士に抱き寄せられた。

耳元に甘い吐息がかかり、あさひは身をよじる。

「まさか、なにもせずに眠れると思っていたのか？」

「そっ、それは……！」

「心配するな。寝坊しない程度に加減してやる。それとも、俺に愛されるのは嫌か」

「〜〜〜っ！　そんなの、答えはひとつしかないじゃないですか……！」

あさひが耳まで赤く染めて訴えると、凌士が傲然と笑う。

（やっぱり……凌士さんはいつでも主導権を握ってる）

抗いようもなく、進んで屈服してしまう。

職場では決して見られない、蕩けるような目にも。あさひにしか見せない、欲にも。

「――決まりだな」

その夜、キスマークをたくさんつけられた体は、いつまでも火照りが治らなかった。


和装での結婚式は、凌士の母の希望を受けたものだ。

『私はね、振り袖を着た娘と写真を撮るのが夢だったの。うちはふたりとも男でしょう？　男なんて服の着せがいがないじゃない。振り袖は無理だけど、あさひさんの着物姿をぜひ見てみたいわ』

と、あさひたちは義母が贔屓《ひいき》にしている呉服店を紹介された。白無垢も色打掛も、そこで見繕えば間違いないからと。

当初は義母も試着についていくと言い張ったけれど、それは凌士があさひとふたりで選びたいから、と断った。

すでに一度、白無垢の打ち合わせのために訪問したので、今日は色打掛の相談だ。

あらかじめ連絡した上で呉服店のドアをくぐると、店主が縁起のよい紋様をちりばめた生地を並べてくれていた。

さっそく、襦袢《じゅばん》や掛下と呼ばれる着物を着て、打掛を羽織っていく。

あさひが畳の上で鏡に向かうたび、店主と凌士が真剣な顔を突き合わせる。

凌士はあさひにあれこれと着せては、そのたびにカメラを向ける。あさひよりよほど楽しそうだ。

「――こちらは、熨斗《のし》に橘《たちばな》の花の紋様ですね。どちらも縁起のよい柄でございます」

「深い青色か、あさひの肌に映えるな。落ち着いた大人の女といったところか」

「――こちらは花車と呼ばれる紋様ですね。雅でございます」

「赤もいいな。華やかで、あさひの可愛さが引き立つ」

「――梅の枝にございます。白に金刺繍《きんししゅう》のみという、潔さがいいと思いませんか。色を抑えたなかにも絢爛《けんらん》さがありますよ」

「たしかに。それでいて清楚《せいそ》な雰囲気もしてよいな」

凌士が腕を組み、熱を持った視線であさひを見つめてくる。

貴重な休日を何時間も試着に使っているのに、嫌な顔ひとつ見せない。むしろあさひより熱心といってもいい。

しかし、次は淡色の打掛も羽織らせてくれと指示する凌士に、あさひは待ったをかけた。

「どれも素敵でわけがわかりません……！」

次から次へ羽織っていたあさひは、とうとう音《ね》を上げた。

どれもこれも眩しすぎて、頭が混乱する。着物を見慣れないので、正直に言って違いもわからず、腋《わき》の下に変な汗をかいてしまう。

「どれもいい。あさひがますます可愛く見える」

「恥ずかしいから褒めないで……っ」

「事実を言ったまでだろう。あさひはなにを着せても似合う。新しい発見だ。だがまいったな、迷う」

あさひは熱くなった首筋を隠すように手を当てながら、首をかしげた。

「凌士さんが迷うなんて、珍しいですね……？」

「どれを選んでも正解だと明らかだからな。優劣がないのだから、迷って当然だろう」

凌士が腕を組んで考えるのも意外で、そんなときじゃないというのに、胸がきゅうっと甘く鳴る。

（心からそう思ってくださっているのがわかるから、よけいに……）

ふたりで一緒になって考えていると、店主が助け舟を出してくれた。

「和装だからと、難しく考えなくてよいんですよ。好きな色や好きな模様で、決められたらよいと思います」

とはいっても、やっぱり選択肢が多くて決められない。

凌士はいざとなればすべて着ればいい、とある意味きっぱり心を決め、あさひが止めるまもなく試着したすべてをキープしてしまった。

「――というわけで、お母さんにも見てほしくて」

翌週、仕事の合間を縫って実家に立ち寄ったあさひは、さっそく母親に相談を持ちかけた。

「凌士さんは、ぜんぶ着ればいいって言ってくれたんだけど、お値段のこともあるし……今ならまだ、キャンセルも受けるってお店のひとも言ってくれてるから」

「あんた、愛されてるのねぇ」

感心した母親が、ダイニングテーブルにいただきものだという苺《いちご》を出してくれる。

あさひは冷蔵庫から練乳のチューブを取り出した。碓井家の苺の食べかたは練乳がけと決まっている。

「そう……なの。凌士さんが、なんでも受け止めてくれるから」

甘ったるくなった苺を頬張りながらスマホを渡すと、向かいに腰を下ろした母が写真をスクロールしていく。

「こんなにたくさん着たの？　力の入れようがすごいわねぇ。こんな素敵なものを着せてもらえるなんて、あさひは幸せ者よ。それで、どれとどれで迷ってるの？　いくつかは候補を絞ってるんでしょ？」

「実は……着物ってよくわからなくて。候補もまだ」

「あんたは昔からそうよねぇ。どうせ、よけいなことを考えすぎてるんでしょうよ。あちらのお母様のこととか列席者の皆様のこととか」

「さすがお母さん」

あさひは図星に気まずくなりながら、苺をもうひと粒頬張る。

披露宴の規模や格式、それに凌士と並んで恥ずかしくないものを選ばないとと思うと、かえって混乱してしまったのだ。

「娘だもの、それくらいわかるわよ」

母親も苺をひと粒フォークに刺すと、おもむろに練乳をまとった苺に視線を注いだ。

「……でも、昔はお父さんと結婚するのが夢だって言ってたあさひが、あんな偉いひとと結婚するなんてねぇ。ウエディングドレスを着てお父さんとバージンロードを歩くんだって可愛い勘違いをするから、お父さんがそれじゃ俺と結婚できないぞって泣いてたわねぇ」

「子どものころの話だよ」

「三つ子の魂《たましい》、百までって言うじゃない。お父さんとの結婚は冗談として、ウエディングドレスとバージンロードは夢なんじゃない？」

「え……」

「案外、決められない原因はそこにあるのかもよ。だから和装がピンとこないとか」

「お母さん」

あさひが眉をひそめると、母親はうふふと笑って苺を口に放りこむ。

「お母さんは、あんたがどんな格好でも好きで着るならいいと思うわよ。一生に一度のことなんだから、自分の心を優先しなさい。ちなみにお母さんだったらこれかなー」

母親が指さしたのは、試着した中ではもっとも値段の張る、豪華な一品だ。

「お母さん、ゲンキンなんだから」

「あら、主役になるんでしょ？　いちばんいい品を着たいじゃない」

母親はちっとも悪びれずに笑った。

翌日の昼、あさひは自席でパソコンを眺めていた。

モニターには凌士のカレンダーが表示されている。今では、あさひのカレンダーも凌士と共有しているので、ふたりの空き時間はひと目でわかった。

凌士の空き時間はどこか確認しつつ、あさひは考える。

昨日は母親をたしなめたものの、帰宅してからも言われた言葉が頭から抜けなかったのだ。

「碓井チーフ、意識飛んでますよー。俺の資料、見てくれました？」

「あっ、ごめん手嶋くん。今からチェックする」

先に昼休憩に出ていた手嶋が、いつのまにか戻ってきている。

あさひは慌てて部の共有フォルダを立ち上げた。

「いや、チーフは昼休みこれからっしょ。統括……じゃなくて本部長が呼んでましたよ」

(凌士さんが？　でも今日はまだ帰ってきてないはずじゃ)

あさひはモニターに目を戻す。今日は、凌士は朝から客先に出かけている。戻りは夕方のはずだった。

「早く戻れたそうっすよ。ったくあのひと、俺を婚約者を呼ぶパシリに使うとか、見せつけてくれますよね。役員室で待ってるって」

「そうなの？　じゃあ、行ってくる！」

弾かれたように立ち上がると、手嶋が人懐こい顔をゲンナリとさせた。

「目の前でそんな顔しないでくださいよ……ダメージがないわけじゃないんっすよ」

「え？　なにか言った？」

「いいから早く行ってください」

「うん、ありがとうね！」

手振りでぞんざいに追い払われ、あさひはエレベーターで三十二階の役員フロアに上がる。

フロアが離れたことで、周りからの意味ありげな視線は回避できるようになった。けれど、あさひ自身が凌士の仕事ぶりを見られなくなったのは寂しい。

（凌士さんが次から次へと指示を飛ばしていく姿、好きだったんだけどな……）

エレベーターホールから、凌士の個室へ向かう。自然と足が速まる。

あさひがセキュリティーのかかった扉をノックすると、タイミングを見計らったように内側から開いた。

「碓井。よく来たな。入れ」

「はい。本部長、おかえりなさい。お疲れさまです」

手を引かれて凌士の個室に入る。いつもなら手前の席にいるはずの男性秘書の姿がなかった。

「席を外させた。あさひと昼を食いたくてな」

あさひの視線で言いたいことがわかったのか、凌士が言う。

デリバリーで悪いが、と個室の中央に据えられたソファセットに案内された。テーブルには彩りも鮮やかな花見弁当がのっている。

「今年の春は式の準備で京都に行けそうもないからな」

「じゃあこれ、京都のお店のものですか？　出張先は大阪《おおさか》じゃ」

「帰りがけに寄った」

「嬉しい！　ありがとうございます」

革張りのソファに腰を下ろし、凌士と昼食にする。ほんの半日顔を見てなかっただけなのに、頬がゆるんでしまう。

仕事中の顔を見るのは久しぶりだからかもしれない。

「わ、この煮物、すっごい美味しい！　にんじんが桜の花弁みたいに散らしてありますよ！　それに見てください、このおにぎり。手毬《てまり》みたいで可愛い……！」

「興奮してるな」

「それは当然、しますよ！」

美味しいを繰り返すと、凌士も苦笑しながら箸を動かす。

お弁当で花見気分を楽しんだあと、あさひは姿勢を正し凌士に切り出そうと口を開いた。

「凌士さん、実は相談があって」

「衣装のことだろう。あさひの着たいものはあの中にはなかったか」

「……どうしてわかるんですか？」

あさひはまじまじと凌士を見返した。

「見ていたからな。あさひは心が動くと、歓声がうるさくなる」

「そうですか⁉」

凌士が口角を上げて、足を組み直す。

「今もそうだったぞ。無意識か」

「そうかも……！」

驚いてしまう。前まで、感情を溜めこみがちだったはずなのに。

いつのまに、変化していたのだろう。

でも、変わったのは間違いなく凌士のおかげだ。

「で、ほんとうはなにを着たい？」

優しい誘導に抗えず、あさひは逡巡の末、思いきって打ち明けた。

「子どもっぽいって、笑わないでくださいね？　……バージンロードを歩くのが、憧れだったんです」

「わかった。ホテル内にチャペルがある。式の会場はそちらに変更させよう」

あまりにもあっさりと凌士が言うので、あさひはかえってうろたえた。

「待って、でも白無垢が」

「白無垢を披露宴で着ればいい。どうだ？　色打掛も着たければ着ればいいし、ドレスを何着着たっていい。俺が見たい。どちらかだけにする必要はない」

凌士はそう言うとその場で電話をかけ始める。どこにかけているのか、日時の確認をして電話を切った。

「今週末、ドレスサロンを予約した。時間空けとけ。母親には俺からも言っておく」

相変わらず、凌士は行動が早い。けれど、その気持ちに胸がじんとした。

「ありがとうございます……っ。お義母様にはわたしもお話しします」

「わかった。実は俺も、あさひのドレス姿を見てみたかった」

凌士が極上の笑みを浮かべた。

週末、丸一日を借り切ったというドレスサロンでは、あさひだけでなくスタッフも凌士もテンションが上り調子だった。

まるでハウススタジオのようなサロンの一室は、前後が鏡張りになっており、左右には様々なドレスがずらりとラックにかけられて出番を待っていた。

中には、凌士とあさひのために海外から取り寄せたものまであるという。

あさひは感嘆のため息をつくまもなく、簡単なメイクとヘアセットを施され、いざ試着に臨んだ。

「新婦様は肌が白くていらっしゃいますね……！　抜けるように綺麗です、見せないのはもったいないですよ」

そうはしゃぐスタッフに、最初に勧められたのはビスチェタイプのドレス。腕も、胸元もあらわになったデザインに、凌士が目をみはる。

「おいおい……待ってくれ。これは俺の理性がもたない」

「な、なにを言ってるんですか！」

「却下だ」

「ええっ？」

ゆったりとしたソファに掛けて足を組んだ凌士は、ひとしきり写真に収めるとおもむろに次を促した。

「では、前はそんなに肌を見せない代わりに、背中が綺麗に見えるラインはどうです？」

試着したのは、背中が大きく開いたマーメイドラインのドレス。腰のあたりはすっきりと、膝下からはエレガントに広がる裾が美しい。

「これは……背中を見られる。却下」

「ええっ？」

そう言いながら、凌士はしっかり写真を撮ってくる。

どれもこれも素敵なので、あさひはさっきからスタッフとともにはしゃいでいたのだが、凌士は目が真剣なわりに乗り気じゃない様子だ。

「では、これはどうでしょう。オフショルダーで肌見せも少ないですし、腰から大きく膨らむタイプですので、可愛らしい雰囲気になりますよ」

プリンセスラインという、ふわりと広がる裾がいかにもお姫様といった感じのドレスを着たあさひは、凌士のしかめ面に呆れた。

「可愛すぎてダメだ。あさひを取られる」

「誰も取りませんって……！」

「式の最中に掻《か》っ攫《さら》われたらどうする。手嶋らに変な気を起こされたら困る」

「どんな映画ですか！　あり得ません」

凌士と小声で言い合っていると、スタッフの女性がくすくすと笑いだした。

「新郎様は、新婦様が可愛くてしかたがないという感じでいらっしゃいますね！　素敵でいらっしゃいます」

「いや、可愛いなんてものじゃない。俺の唯一だ」

「〜〜〜〜〜っ！」

あさひはドレスを着たまま両手で顔を覆った。

（凌士さんの甘さの破壊力が増してる気がする……！）

「あさひ、顔を上げろ」

「いえ、今わたしゆでダコなんです」

「だからなんだ？　見せろ」

「っ……凌士さんのいじわる……」

おそるおそる顔を上げると、凌士が満足げに笑う。

その向こうで、スタッフの女性が赤面していた。これは恥ずかしすぎる。

「りょ、凌士さん、このままでは決められません」

「わかった、次を着てみろ」

しかしそれからも、あさひは試着を繰り返しては、凌士による熱心な写真撮影と「却下」の憂き目に遭うはめになった。

いつまでたっても決まらない。

でも、今回はあさひもひそかにこれがいいなと思うものがあった。

母親の言う通り、和装のときはピンとこなかったということなのだろう。

一度休憩しましょうか、というスタッフの声かけで、あさひが凌士の隣に座ると、凌士がぽつりとつぶやいた。

「どれも甲乙つけがたいが……あえて言うなら、ビスチェのがいちばん似合っていた」

「凌士さんもそう思います？　わたしも実は、最初に着たあれがいちばん素敵だと思ってました」

総レースのマーメイドラインだが、レースの可憐《かれん》な模様と絶妙なラインのおかげでセクシーにならない。

それでいて、七歳上の凌士と並んでも恥ずかしくない程度に大人っぽく見える。

「あれにしてもいいですか？」

「肩が見えるが……」

「凌士さんも似合うと思ってくださったんですよね？」

「……わかった。あれにしよう。叶うなら、俺だけの前で着せたかった」

あさひがみるみる頬を染める横で、スタッフまでまた赤くなっていた。

凌士は誰の前であろうと、お構いなしに真顔で褒める。だから照れないではいられない。

あさひは確認のために、ふたたびマーメイドラインのドレスに袖を通した。

凌士がしげしげと見つめる。

「あさひ、愛してる」

「凌士さん、ほんとわたし死んじゃいます！　軟弱なんですってば！」

「名前は呼ばれても平気になったのにな？　『愛してる』は嫌なのか？」

あさひはますます顔を赤らめる。

初めてのドライブデートで、名前を呼ばれて『軟弱だから呼ばないで』と訴えたのを思い出した。

「い、嫌なんかじゃない……」

「愛してるぞ、あさひ」

「だ、ダメ……！　凌士さん、わたしも愛してますからっ」

とうてい直視できずに顔を覆った指の隙間からそう言えば、凌士がスタッフの目の前であさひの頬に唇を寄せた。

口をぱくぱくさせるあさひに、スタッフがおずおずと言う。

「すみません、わたくしどもにも供給過多でございます……」

あさひは慌てて凌士の胸を押しやった。


――そうして迎えた六月の大安吉日は、梅雨の気配もいっさいない、すっきりと晴れた空が広がっていた。

パイプオルガンのメロディーが奏でられる中、あさひは父親の腕に手を添え、一歩ずつチャペルのバージンロードを歩く。

左右の会衆席では、家族や友人、同僚らが見守っている。凌士の家族も、教会での式を快く賛成してくれた。

凌士との出会いから、ひとに恵まれてきたと思う。

その凌士は、たっぷりと花の飾られた祭壇の前で、あさひを待っていた。正装姿に見惚《みと》れてしまう。

（ほんとうに……ここまで来たんだ）

一歩、踏み出すごとに、いろんな思いがあふれてくる。

研修時代に、店長として指導を受けて。そうと気づかずに再会して、みっともなく泣きじゃくったところを見せて。

おなじ景色を見て、おなじものを口にして、いくつもの言葉を交わして、心を寄せて。

自信をなくしていたあさひに、自信をくれて。

どこまでも、あさひの心を守ってくれたひと。

(これからもずっと、凌士さんのそばにいます)

父親と凌士が互いに頭を下げる。父親の腕が離れ、あさひは凌士の腕に手を添える。

誰にも替えられない、このひとだけ。

ヴェール越しに凌士を見上げる。気づいた凌士が力強くうなずく。ふたりで笑い合う。

列席者が見守る中、凌士は歩みを進める前にあさひに耳打ちした。

「一生、泣かせないと先に誓っておく。だからずっと俺の隣で、笑っていろ」

「――はい」

胸がつまって、ひと言でも口を開けば泣いてしまいそうだ。

（感激の涙は許されるかな……？）

だとしても、今は笑っていたい。

あさひはきゅっと唇を引き結んでから、破顔する。

「行こう」

「はい……！」

凌士が笑みを深めて歩きだす。

あさひはその隣で、どこまでも明るくて笑顔に満ちた一歩を踏みしめた。

END

# 離れない名前

愛している女の名前というのは特別だ。

まだその女が凌士のものではなかったころから、胸にこびりついて離れなかった。

ほかの男に取られた苦い後悔とともに、心の内で呼んだ回数は、数え切れない。

その名残だろうか。

凌士は、あさひの名前を呼ぶのが癖になっている。おまえでも、君でもなく。

「あさひ」

特に最中は、自分のものだとたしかめるように何度も呼ぶ。

「あさひは、どれだけ俺を溺れさせる気だ?」

「凌士さん……っ」

「あさひ」

呼べば呼ぶほどに、あさひの体はシーツの上で潤い、なまめかしくくねる。

凌士を映した目がとろりと艶をまとう。凌士の頭を痺れさせる。

凌士があさひの名前を呼びまくる——実際、呼びまくるとしか言いようがない——

のも、そのせいだ。

だが凌士には、あさひの名前とは別に、ずっと心に秘めている名前がある。

尾を引くような甘い愉悦に満ちた夜を過ごした翌朝、凌士が休日のまどろみの中でふとその話を口にすると、あさひが食いついた。

「それって、誰ですか？」

あさひが凌士に体をすり寄せる。

付き合いたてのころは、凌士の腕に収まるその仕草さえ、あさひはなかなか見せなかった。

だが今では、すっかり気を許して甘えてくる。

凌士は口の端を上げ、片腕であさひを抱き寄せた。

しっとりとした質感の素肌が、凌士の肌に吸い付くように合わさる。

まだ前夜の熱が残っているのか、あさひの体はほんのりと熱を持っている。その熱が自分の腕の中にあることに、凌士は言い知れない安心を覚える。

「誰だと思う」

「……初恋の女性、でしょうか」

声色に張りがない。腕の中のあさひに目を落とせば、あさひは口を尖らせていた。

拗ねているのが見てとれ、凌士は今度こそ声に出して笑った。

「妬《や》いたのか」

「妬きますよ、それは……初恋の相手って一生忘れられないって言いますし。その相手にだけは、どれだけ頑張っても勝てないというか」

「まあ、初めての名前ではあるからな」

「凌士さんのいじわる」

腋の下をきゅっと軽くつねられた。

痛くも痒くもないし、くすぐったくもないが、その子どもっぽい仕草はなんともいえず庇護欲をそそられる。

ついでに支配欲も。

「そう言うからには、あさひは初恋の男が忘れられないのか？」

「……っ、違います」

あさひがふいっとそっぽを向く。藪蛇《やぶへび》だったと言わんばかりの急変ぶりに、凌士の欲に火がついた。

「夫の前で、その態度はいけないな。結婚して二年も経てば、初恋の初心さが懐かしくなったか」

付き合って半年ほどで結婚したからだろうか。二年が過ぎた今でも、凌士はあさひを妻というより恋人のように思うときがある。手に入れたはずなのに、まだ渇望する。

だが、あさひはもう冷めたのだろうか。

ひやりとした焦りが胸にもたげたとき、あさひがまた凌士の胸に顔をすり寄せた。顔を見られまいとしてか、深くうつむく。

「や、だから違いますってば。凌士さんのことしか思い出せないなって……思っていただけで。悔しくて」

「悔しい？」

「だってわたしはもう、凌士さんだけなのに……凌士さんはわたし以外の女性を覚えているだなんて。悔しいし……寂しいじゃないですか」

顔を上げないまま、もごもごと言う。

愛おしさが喉元まで突き上げた。

どれほど時間が経っても、あさひは凌士の心をいともたやすく振り回す。

まったく、呆れるほどに。

「あさひ」

「………」

「あさひ、顔を上げろ」

「や、今ちょっと顔がぐちゃぐちゃで」

「俺が見たいのだから、いいだろう」

「そんな理屈、おかしいです……！」

あさひがうつむいたまま、かぶりを振る。凌士は苦笑して、あさひの頬に手を添えた。

「顔、見せろ。あさひ」

「っ……凌士さんにそう言われたら、断れないじゃないですか」

顔を上げたあさひの目が潤んでいる。凌士がその目尻に唇を寄せると、あさひはくすぐったそうに身をよじった。

「すみません、嫉妬なんて。我慢しようと思ったんですけど」

「我慢なんかするな。俺にはぜんぶ見せろ」

言って、あさひの唇を奪う。あさひはおとなしく唇を預けてくる。

吐息の温度が上がり、あさひが頬を赤らめる。

凌士はあさひの上に覆い被さった。

つやめかしくも恥じらいを帯びた表情で、あさひが見つめ返す。最高に欲情する瞬間だ。

　これからどう征服するか、考えて本能がぞくりと歓ぶ。

「妬いてくれるのはいいが。あさひは俺がどれだけあさひを愛しているか、わかっていないようだな」

「わかってます、よ……わたし、幸せですから」

「それは、わかったうちに入らない。わかっていれば、嫉妬などするだけ馬鹿馬鹿しく思うはずだ。もっと身をもって知れ」

「じゃあ心から離れない名前って……？」

「いつか、時期がきたら教えてやる」

　ひたりと見つめると、あさひがおろおろと視線をさまよわせる。

　構わず髪を梳き、首筋に唇を這わせ、昨夜も散々痕を散らした場所に新たな印を刻みつける。

　あさひの声が、甘くなった。


　そのひと月後。

「――凌士さん、凌士さん！　一大ニュースです！」

空港まで凌士を迎えに来たあさひが、珍しく興奮した様子で駆け寄ってきた。

「ただいま、あさひ。会いたかった」

「わたしもです。凌士さんに会いたかった……おかえりなさい。あの、でも今はそれどころじゃないんです」

「それどころじゃない？」

二週間におよぶヨーロッパ出張からの再会の喜びが一蹴され、凌士は眉をひそめた。

凌士はといえば、あさひが欠乏して夜もろくに眠れないほどだったのにだ。

「なにがあった？　緊急事態か」

「ええ、緊急も緊急です。重大です。凌士さんの反応が怖いのですが……」

急に勢いをなくしたあさひの口調に、嫌な予感がせり上がった。

到着ロビーの喧騒が、急に耳から遠ざかる。やはり海外出張などしている場合ではなかったか。

いざというときに守ってやりたくてプロポーズしたのに、家族のそばにいられないのはこたえる。

今後は控えるべきだろう。凌士がそう結論づけたときだった。

「あの……お腹に、赤ちゃんができました。八週だそうです」

か細い声で、お腹に両手を添えてあさひが言う。

凌士はつかのま、頭が真っ白になった。

「赤ちゃんって……子どもか」

「そ、そうですよ」

「お、俺たちの……子どもか」

間の抜けた言葉しか出てこない。口の中が乾く。凌士はごくりと唾をのみ、唇を舐めた。

「それ以外になにがあるんですか……生まれるのは来年の四月の予定です」

「あさひ！」

「はい？」

凌士はあさひにつめ寄った。

「俺の出迎えなんかしてる場合じゃないだろ！　安静にしてろ。陽《よう》になにかあればどうする？　さっさと帰るぞ。食事はとったか？」

「え、はい、食べましたが……？」

あさひがあっけに取られた顔をしたが、凌士の追及は止まらない。

「ならいい。まさか、電車で来たんじゃないだろうな」

「いえ、凌士さんのお迎えですから、如月家の車を出してもらいましたよ」

「これからは、移動には必ず如月の車を使え」

凌士はあさひの手にあったバッグを、ひったくるように奪う。

「ま……待って、凌士さん、大丈夫ですから！　まだつわりもないですし、日常生活も問題なく送れてます。落ち着いてください」

「俺は落ち着いている。だが人混みは母体にもよくない。早く帰ろう」

凌士はキャリーケースを引いて大股で歩き始めたが、はっとして歩みを止めた。

大事なことを伝えていなかった。

「あさひ、陽を宿してくれてありがとう」

「……よかった、喜んでもらえました」

あさひが安堵のまじった笑みを顔じゅうに広げた。

凌士はその腰をやさしく抱き寄せ、あさひの頬に唇を寄せる。

「喜ぶ以外の反応など、あるわけがない」

「でも凌士さん、顔が怖くなってました」

「柄にもなくテンパった。まさか、陽が待ってるとはな」

「それなんですが……さっきから何度も口にされてますが、陽って？」

「俺たちの子だ。この名前をつけると、だいぶ前から決めていた」

凌士はあさひが着ていた涼しげなリネンワンピースの腹に目をやる。

あさひがぎょっとした。

「ちょっ、早すぎません⁉　まだ性別もわからないのに」

「陽なら男女どちらでもいける、問題ない」

「そうかもですけど……あっ」

「どうした？　腹が痛いのか？　待ってろ、ひとを呼んで荷物を運ばせる。あさひは俺が運ぼう」

腹を潰さないよう横抱きにするため凌士はあさひの前に屈むが、焦ったあさひがあとずさる。

「違っ……。今気づいたんですが、前におっしゃった〝心から離れない名前〟って、まさか」

気づいたか、と凌士は笑った。

「あさひが俺の恋人になったときから、決めていた。それ以来、心から離れない。いい名前だろう」

「そんなころから、ですか……！」

あさひが両手で顔を覆う。指の隙間から覗く頬は赤く染まっていた。

「わたし、初恋の女性の名前だなんて勘違い……言ってくだされればよかったのに」

「俺たちの子の名前だと言えば、あさひにプレッシャーをかけかねないからな」

表立って言う者はいなくても、如月家の後継となる子がいつ生まれるのか、気にされる気配をあさひも感じていたはずだ。

「あ、だから……」

凌士は言いかけたあさひの手を取り、顔からどけさせた。

上気した頬に、潤んだ目。

妻になって二年が経っても、いやむしろ時間が経つほどに可愛くてたまらなくなる。

凌士は手を引き寄せ、人混みの中にもかかわらずあさひにキスをした。

「凌士さん、ここ空港です……っ」

「記念すべき日なんだ、外野はほっとけ」

ひょいとあさひを横抱きにすると、あさひが驚愕に目をみはる。

あさひは下りようと暴れかけたが、お腹の子に障ると思ったのかほどなく観念しておとなしくなった。

「凌士さんって、我が道を行くタイプですよね……人目を気にしないですし」

「他人を気にして態度を変えるようなら、その程度の意思だってことだろ」

「それにしたって……っ」

あさひは両腕で顔を隠している。隠せていない耳が真っ赤だ。

凌士はひとを呼んでキャリーケースを預けると、あさひを横抱きにしたまま空港の到着ロビーをすたすたと歩く。

「陽、元気で生まれてこい。待ってる」

「気が早い……っ。でも……いい名前ですね、陽。どうして陽なんですか？」

「あさひは、朝の太陽だろう。俺を照らす清々しい陽《ひ》の光だ。そのあさひの子なら、間違いなく周りを照らす子になる」

だから子どもにも、太陽にまつわる名前をつけたいと思い続けてきた。

「婚約のご挨拶の際に、お義母さんからも教えていただいた。あさひは、切迫流産の危機を乗り越えての出産だったそうだな。夜明けとともに無事に生まれたとき、ご両親の心にも朝陽が昇ったように思ったそうだ。その話を聞いて、俺たちの子もやはり陽しかないと思った」

「……なんだかわたしも、この子は陽だという気がしてきました」

隠した顔が、ふわっとほころぶのがちらりと見える。

あさひの笑みは、結婚してやわらかさを増した。

この世に、これほどまでに心を傾ける存在があるとは、昔の自分は思いもしなかった。

「だろう。あさひも陽も愛しい名前だ。一生、俺の胸から離れない」

「凌士さん」

あさひがやっと手をどける。赤く染まった顔が朝焼けの色にも似ていると思ったとき、どうしようもない多幸感に胸が痺れた。

「あさひ、愛してる」

「だからここ空港……っ」

また恥じらいに頬を染めたあさひは、凌士の腕の中で、

「わたしも凌士さんを愛してます」

と笑った。


――如月家待望の第一子である女の子が無事に生まれたのは、翌年の春のこと。

陽と名付けられたその子はやがて、『パパと結婚する』と親馬鹿の凌士を大いに喜ばせるようになる。

ところが、凌士とバージンロードを歩きたいと言い出して、凌士を泣かせるに至る……のは、また別のお話だ。

END

# あとがき

ベリーズ文庫さまでは初めまして、彼方紗夜と申します。

このたびは『冷徹御曹司は想い続けた傷心部下を激愛で囲って離さない』をお手に取ってくださり、ありがとうございます。

憧れのベリーズ文庫さまでこうしてご挨拶できることを、とても光栄に思います。

オフィスラブが書きたい！　という気持ちを全面にぶつけての、初めてのオフィスラブでしたが、いかがだったでしょうか。

恋と仕事の両方で打ちのめされた傷心ヒロインが、包容力のある大人な御曹司ヒーローにからめ取られ、守られて自信を取り戻していく過程を、楽しく書かせていただきました。

職場ならではのドキドキも嬉々として詰めこんだつもりですので、読者の皆さまにも楽しんでいただけたら幸いです。

担当さまほか、編集部の皆さま。このたびはご縁をいただきありがとうございました。お打ち合わせのときから沢山の気づきと励ましを与えてくださり、感謝してもしきれません。

そして表紙は御子柴トミィ先生が、それはもう素敵に飾ってくださいました。見所はなんといっても、凌士の醸しだす大人の色気ではないでしょうか。私は色気のある男性が好きなのですが、私の好みのはるか上をいく色っぽさでした……！

あさひも、健気で頑張り屋な雰囲気がにじみ出ていて、とにかく可愛い。可愛い。魅力的な二人を作りだしてくださり、ありがとうございました。


そのほか、刊行にあたりご尽力いただいた全てのかたに深謝いたします。

そして本作をお手に取ってくださった皆さまにも感謝を。お読みくださり、本当にありがとうございました！

それではまたいつか、皆さまにお目にかかれる日がくることを願って。

彼方紗夜《かなたさや》

彼方紗夜先生への
ファンレターのあて先

〒104-0031
東京都中央区京橋 1-3-1
八重洲口大栄ビル7F
スターツ出版株式会社　書籍編集部　気付

彼方紗夜先生

本書へのご意見をお聞かせください

お買い上げいただき、ありがとうございます。
今後の編集の参考にさせていただきますので、
アンケートにお答えいただければ幸いです。

下記 URL または QR コードから
アンケートページへお入りください。
https://www.berrys-cafe.jp/static/etc/bb

冷徹御曹司は想い続けた傷心部下を
激愛で囲って離さない

2023年10月10日　初版第1刷発行

著　者　彼方紗夜
©Saya Kanata 2023
発行人　菊地修一
デザイン　hive & co.,ltd.
校　正　株式会社文字工房燦光
発行所　スターツ出版株式会社
〒104-0031
東京都中央区京橋1-3-1　八重洲口大栄ビル7F
TEL　出版マーケティンググループ　03-6202-0386
（ご注文等に関するお問い合わせ）
URL　https://starts-pub.jp/
印刷所　大日本印刷株式会社

Printed in Japan



ISBN 978-4-8137-1491-0　C0193

# ベリーズ文庫 2023年10月発売

『気高き御曹司は新妻を愛し尽くす～悪いが、君は逃がさない～【極上スパダリの執着溺愛シリーズ】』 佐倉伊織《さくらいおり》・著

百貨店で働く紗弥のもとに、海外勤務から帰国した御曹司・文哉が突如上司として現れる。なぜか紗弥のことを良く知っていて、仕事中何度も助けてくれる文哉。ある時、過去の恋愛のトラウマを打ち明けたらいきなりプロポーズされて…!?　「諦めろよ、俺の愛は重いから」――溺愛必至の極上執着ストーリー！

ISBN 978-4-8137-1487-3／定価737円（本体670円＋税10%）

『内緒で三つ子を産んだのに、クールな御曹司の最愛につかまりました【憧れシンデレラシリーズ】』 宝月《ほうづき》なごみ・著

真面目な真智は三つ子のシングルマザー。仕事に追われながらも子育てに励んでいた。ある日、3年前に契約結婚を交わした龍一が、海外赴任から帰国すると真智を迎えに来て…!?　すれ違いから一方的に彼に別れを告げ、密かに出産した真智。ひとりで育てると決めたのに彼の一途で熱烈な愛に甘く溶かされ…。

ISBN 978-4-8137-1488-0／定価726円（本体660円＋税10%）

『極上御曹司と最愛花嫁の幸せな結婚～余命0年の君を、生涯愛し抜く～』 伊月《いづき》ジュイ・著

製薬会社で働く星奈は、"患者を救いたい"という強い気持ちを持つ。ある日、社長である祇堂の秘書に抜擢され戸惑うも、彼の敏腕な仕事ぶりに次第に惹かれていく。上司の仮面を外した祇堂は、絶え間ない愛で星奈を包み込んでいくが、実は星奈自身も難病を患っていて――。溺愛溢れる珠玉のラブストーリー！

ISBN 978-4-8137-1489-7／定価748円（本体680円＋税10%）

『孤高のパイロットに純愛を貫かれる熱情婚～20年越しの独占欲が溢れて～』 宇佐木《うさぎ》・著

看護師の夏純は、最近わけあって幼馴染のパイロット・蒼生と顔を合わせる機会が多い。密かに恋心を抱いているが、今更関係が進展する様子はなく諦め気味。ところが、ある出来事をきっかけに蒼生の独占欲が爆発！　「もう理性を抑えられない」――溺愛全開で囲われ、蕩けるほど甘い新婚生活が始まって…!?

ISBN 978-4-8137-1490-3／定価726円（本体660円＋税10%）

『冷徹御曹司は想い続けた傷心部下を激愛で囲って離さない』 彼方紗夜《かなたさや》・著

恋人に浮気され傷心中のあさひ。ある日酔っぱらった勢いで「鋼鉄の男」と呼ばれる冷徹上司・凌士に失恋したことを吐露してしまう。一夜の出来事かと思いきや、その日を境に凌士は蕩けるように甘く接してきて…!?　「君が欲しい」――加速する彼の溺愛猛攻と熱を孕んだ独占欲にあさひは身も心も乱されて…。

ISBN 978-4-8137-1491-0／定価726円（本体660円＋税10%）